잠들 수 없는 밤의

기묘한 이야기

잠들 수 없는 밤의

기묘한 이야기

초판 인쇄 2018년 12월 10일
초판 발행 2018년 12월 15일

엮은이 송준의
일러스트 김창순 · 손지희
펴낸이 이진곤
펴낸곳 씨앤톡
출판등록 제 313-2003-00192호(2003년 5월 22일)

주소 경기도 파주시 문발로 405 제2출판단지 씨앤톡 사옥 3층
전화 02-338-0092
팩스 02-338-0097
홈페이지 www.seentalk.co.kr
E-mail seentalk@naver.com
ISBN 978-89-6098-559-9 00810

이 도서의 국립중앙도서관 출판예정도서목록(CIP)은 서지정보유통지원시스템 홈페이지
(http://seoji.nl.go.kr)와 국가자료공동목록시스템(http://www.nl.go.kr/kolisnet)에서
이용하실 수 있습니다.(CIP제어번호: CIP2018039041)

머리말

　괴담을 이해하면 사회적인 현상의 코드나 기호를 쉽게 파악할 수 있습니다. 80년대 중·후반을 풍미한 '홍콩할매 귀신'만 보더라도, 늦은 시간까지 밖에 있는 아이들에게 경계심을 갖도록 하기 위해 '홍콩할매 귀신' 괴담이 만들어졌다는 것이 정설입니다. 즉, 당시 학원이나 과외 열풍이 불면서 아이들이 늦게까지 밖에 있는 시간이 많았고, 그래서 이를 노린 유괴 범죄가 늘어나는 추세라 경계가 필요했던 것입니다.

　또한 어른들이 자주 하시는 말씀 중에, 문지방을 넘지 말라는 이야기가 있습니다. 옛 사람들은 문지방을 일종의 경계선이라고 생각했는데, 옛부터 해가 지면 돌아다니지 말라는 어른들의 말씀 역시, 노을이 지며 낮과 밤이 바뀌는 걸 보고 이승과 저승의 경계가 열린다고 생각했습니다. 이런 전통이 전해지면서 문지방 역시 이승과 저승의 경계선으로 보고 그곳에 앉아 있으면 해를 입을 수 있다고 생각했기 때문입니다.

특히 도시괴담은 도시가 가속화되면서 생겨나는 불안을 배경으로 형성된 이야기로, 현대를 살아가는 사람들의 거울이라고 할 수 있습니다. 하지만 안타깝게도 우리에게 잘 알려진 도시괴담 「빨간 마스크」, 「인면견」, 「빨간 종이·파란 종이」 등은 대부분 일본에서 건너온 이야기이며, 일본의 축적된 전통 문화를 바탕으로 형성된 이야기입니다.

도시괴담이 단순한 이야기가 아닌, 사람들의 의식 속에 살아 숨쉬는 문화를 담고 있음을 상기하면, 우리나라도 이웃 나라 일본의 도시괴담이 아닌, 우리나라만의 도시괴담이 필요하다고 생각됩니다.

그리하여 필자는 필자의 블로그 '잠들 수 없는 밤의 기묘한 이야기'를 통해 필자와 필자 주변 지인들의 괴담을 수집하여 연재하였고 네티즌의 애정과 관심에 힘입어 출판화될 수 있게 되었습니다.

일본의 축적된 도시괴담에 비하면 아직은 미약하지만, 이러한 시도들이 결국 우리나라의 전통적인 문화를 만들어 내는 데 조금이나마 도움이 되었으면 합니다.

송준의

차례

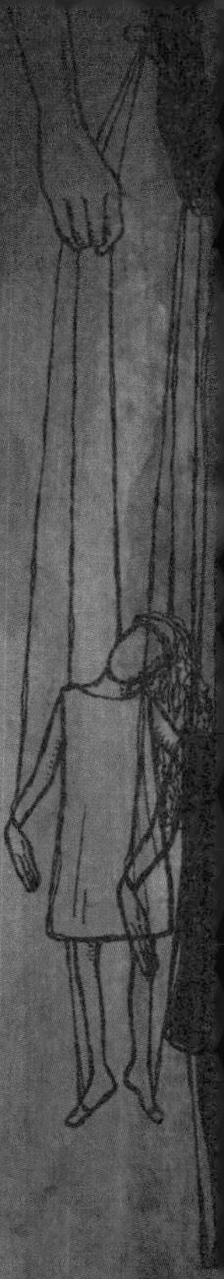

무당

중학교 3학년 때였습니다.

환경미화 심사를 앞두고 한창 준비를 하던 날이었습니다. 미화부장이었던 저는, 소소하게 할 일이 많았습니다. 부직포로 시간표를 만들거나 집에서 풀로 빳빳하게 만든 교탁보를 씌우기도 하고……. 그날 남았던 친구는 저, 종성, 상원. 저희는 열심히 환경미화 심사를 위해 작업을 했고, 어느새 해는 기울어 주변이 어두워졌기에 집으로 돌아가기로 했습니다.

그런데 교실 문을 열고 나왔을 때 복도에 내리깔린 어둠에 더럭 겁이 났고……. 솔직히 몹시 창피하지만, 남자 셋이 손을 잡고 걸어가기로 결정했습니다. 교실 쪽으로 제가 있었고, 가운데 상원이, 그리고 창쪽에 종성이. 이렇게 셋이서 손을 잡고 나란히 걷고 있었는데, 갑자기 창문으로 희미한 불빛이 보이기 시작했습니다. 전 그게 아래층 교무실의 불빛이 위로 비치는 것이라 생각했기에 아무렇지 않게 생각했습니다만⋯⋯.

갑자기 종성이가 빠른 속도로 걷기 시작했습니다.

어느 순간 제가 종성이 쪽을 힐끔힐끔 쳐다봤는데, 덩달아 겁을 먹은 저희들은 뛰다시피 걷기 시작했습니다. 교무실의 불빛이 저희를 쫓아오는 것이었습니다! 그 불빛은 마치 뿌연 구름이나 안개 같았고, 정확하게 종성이 옆에 위치했습니다. 그리고 바로 그때, 기괴한 소리가 들리기 시작했습니다.

"끼~~익~~."

그 소리는 흡사 못으로 유리를 긁는⋯⋯ 분필로 칠판을 긁는⋯⋯ 소리처럼 들렸습니다. 소리는 계속 저희를 따라왔고, 겁에 질린 얼굴로 걷고 있는 종성이를 힐끔힐끔 쳐다보며 저 역시 빨리 걷고 있었습니다. 그리고 마지막으로 제가 종성이를 쳐다봤을 때, 전 정말 소스라치게 놀랐고, 지금도 그때를 회상하면 오싹해집니다.

머리만 있는 하얀 여자의 얼굴이 종성이를 노려보면서, 이빨로 유리를 긁으며, 종성이를 쫓고 있는 것이었습니다. 전 온몸에 소름이 돋았고, 어떻게 나왔는지도 모르게 그렇게 학교를 빠져 나왔습니다. 학교를 겨우 벗어나서야 종성이가 울음을 터뜨렸습니다.

"난 죽을 거야……."

그러고서는 이야기를 이어가기 시작했습니다.

"우리 집 굿한 거 알지? 내 동생이 아파서 했던 거야. 어제 밤에 무당이 꿈에 나오더라. 네 동생의 병은 고칠 수 없다고, 동생을 데려가겠다고."

"그래서?"

"그러더니 나를 대신 데려가겠다고 했어. 너 봤지? 아까 내 옆에 있던 여자……."

"응. 봤어."

"그 여자가 바로 무당이었어."

이야기를 하면서 걷는 동안 어느새 저희 집에 거의
다 도착했습니다. 하지만 종성이와 헤어지려는데, 종
성이가 너무 측은하게 느껴졌습니다. 그래서 종성이
네 집에서 함께 자기로 마음먹었습니다. 이런저런 이
야기를 하다가 막 잠이 들 무렵이었습니다.

갑자기 종성이가 중얼거리기 시작했습니다.

"제 옆에 자고 있는 제 친구 보이시죠? 저 대신 저 애를
데려가세요."

전 너무너무 무서웠고, 바로 그 방에서 뛰쳐 나왔
습니다. 그리고 다시는 종성이와 말하지 않았습니다.
결국 종성이의 집은 한 차례 더 굿을 했고, 다행히 불
행한 일은 일어나지 않았습니다. 하지만 가장 불행한
일은…… 나와 그 녀석과의 우정이 끝나 버린 일이었
습니다.

기이한 소나무

저희 장인어른과 장모님께서 예전에 겪으신 일입니다.

금실 좋은 두 분은 평소에도 놀러 다니시는 걸 무척 좋아하십니다. 그날 역시 무더운 여름임에도 불구하고, 충청도에 있는 산으로 여행을 가셨습니다. 노을이 예쁘게 보이는 산 중턱쯤에 자리를 잡으셨는데, 기역자로 생긴 좀 특이한 소나무 한 그루가 있었답니다. 게다가 그 소나무 밑에는 지푸라기까지 깔려 있었기에 두 분은 "와, 누가 자리까지 딱 마련해 놓았지?" 하며 좋아서 그 위에 돗자리를 펴시고 잠깐 누워 계셨다고 합니다.

그런데 한 20~30분이 지나니 가슴이 답답하고 숨이 막혀오는 불쾌함이 느껴지는 것이었습니다. 나중에는 웬 여자까지 공중에 매달려 있는 것이 보였답니다…….

　너무 놀란 두 분이 미련없이 돗자리를 걷고 후다닥
일어서는데, 이미 날이 저물어서 주위
는 어두컴컴했고 기분 탓인지 앞으로
계속 걸어도 길이 보이지 않았답
니다. 불안한 마음으로 계속 헤
매길 몇 십 분……. 겨우 길
을 찾아 산에서 내려올
수 있었는데, 산에
서 내려와

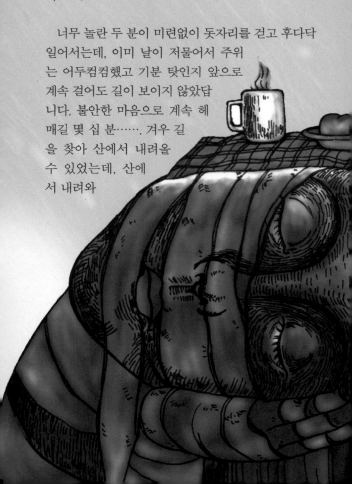

마을 사람에게 소나무 밑에서 있었던 이야기를 했더니, 마을 사람이 깜짝 놀라시면서 큰일 날 뻔했다고 하더랍니다.

두 분이 산으로 가기 바로 전날, 그 기역자 소나무에 어느 처녀가 목을 매고 자살했다는 것입니다. 그리고 그날, 시신을 수습했던 거죠. 게다가 당시만 해도 처녀의 시신을 수습할 마땅한 것이 없어서, 지푸라기로 덮어 놓았다고.

두 분이 깔고 누웠던 지푸라기가 ……
바로 그것이었다는 것입니다.

복숭아나무

예로부터 복숭아나무가 집 안에 있으면 좋지 않은 일이 생긴다고 해서, 절대 집 안에 심지 않았다고 합니다. 그렇지만 그 말을 무시하고 복숭아나무를 심었다가 된통 혼이 난 사람이 있으니, 바로…… 저희 가족입니다.

제가 초등학교에 다닐 무렵, 집 뜰 한가운데에 복숭아나무 한 그루가 있었습니다. 아버지께서 꽃이나 나무 심는 걸 좋아하셨는데, 아마 복숭아나무가 아닌 다른 나무라고 착각하시고 심으셨던 것 같습니다. 복숭아나무가 자라나고 꽃을 피울 무렵이 되자 동네 사람들이 얼른 저 나무를 베어 버리라고 우리 집에 오실 때마다 아버지께 말씀하셨던 기억이 있습니다. 하지만 아버지께서 꽃이 저렇게 예쁜데 베어 버릴 필요가 있냐며 동네 사람들의 말을 흘려들으셨습니다.

복숭아나무에서 피는 꽃, 보신 일 있으세요? 정말 예쁘답니다. 작은 분홍색 꽃이 가지 마디마다 열려서 한껏 고운 자태를 뽐내기 시작하면, 그처럼 황홀한 광경도 흔치 않습니다. 그 나무는 유난히 더욱 고와 보였습니다. 하지만 복숭아꽃이 만발하기 시작하면서 집에는 좋지 않은 일들이 생기기 시작했습니다. 마치 복숭아나무를 베지 않아서라는 말을 증명하듯이……

어머니께선 갑자기 몸이 많이 약해지셔서 병원에 다니기 시작하셨고, 아버지께선 하는 일마다 잘 되지 않으신 듯 술을 드시는 일이 늘어, 부모님의 다툼이 잦아졌습니다. 그렇지만 복숭아나무 탓이라고 단정하기도 그랬고, 누구 하나 그렇게 말하진 못했습니다.

그 설명하기 어려운 공포감이 집안을 맴돌기 전까지.

어느 날이었습니다. 학교에서 돌아오니 부모님은 집에 안 계셨고, 저는 방에서 숙제를 하고 있었습니다. 그런데 이상한 느낌이 들었습니다. 저 혼자 있는 방 안에 누군가 있는 듯한 묘한 느낌……

문득 방 창문으로 복숭아나무가 정면으로 보였는 데, 그날따라 복숭아나무가 절 쳐다보는 것처럼 신경 이 쓰였습니다. 책이 눈에 들어오지 않고, 계속 마음 이 뒤숭숭해져서 결국 창문을 닫아 버렸습니다. 그 런데 그때…… 등 뒤에 누군가 서 있는 기척이 느껴 지면서 머리가 쭈뼛 서는 것이었습니다. 저는 온몸 에 소름이 돋아 차마 뒤를 돌아보지 못하고, 시선을 약간 옆으로 돌렸는데……. 하얀 소복을 입은 여자 의 팔이 보였습니다. 저는 뒤를 돌아보지 못하고 바 로 방에서 뛰쳐 나왔습니다. 아직도 그 하얀 소복의 팔이 절 감싸안으려 했던 느낌이 생생합니다. 그리고 그 후로는 집에 혼자 있지 않았습니다.

며칠 뒤, 학교에 가려는데 복숭아나무가 보이지 않 았습니다. 어머니께 듣기론 아버지께서 아무 말씀도 안 하시곤 새벽에 갑자기 도끼로 베어 버리셨다고 했 습니다. 그때부터 집안은 다시 평온을 찾기 시작했습 니다. 어머니 건강도 많이 좋아지기 시작했고, 아버 지 일도 잘되는 것 같았습니다.

그리고 어느 날 밤, 동네 아저씨들과의 술자리에서 아버지께서 하시는 말씀을 우연히 듣게 된 저는 다시 무서움에 잠을 설쳤습니다. 아버지가 말하시길……

복숭아나무 꽃이 피기 시작하면서 꿈에 하얀 소복을 입은 여자가 나타나서 집 주변과 뜰 안을 빙글빙글 돌아다니더랍니다. 그리고 복숭아나무마다 복숭아꽃이 아니라 소복을 입은 여자의 손이 나와서는 아버지께 이리 오라고 손짓을 했다고…….

결국 견디다 못한 아버지께서 새벽에 일어나 복숭아나무를 베어 버리신 것이었습니다. 그 후로는 꿈에 더 이상 그 여자는 나타나지 않았다고 합니다.

49재

몇 년 전 할아버지께서 돌아가셨습니다. 당시 저는 여덟 살, 동생은 네 살이었는데, 방학이어서 장례식이 끝나고 할아버지 댁에 계속 있었습니다. 그런데 장례식이 끝난 날부터 동생의 기묘한 행동이 시작되었습니다. "할아버지! 할아버지!" 하면서 돌아가신 할아버지를 찾거나, 할아버지가 안 계시는 안방에서 놀고……

동생의 이런 기묘한 행동에 다들 동생이 어려서 할아버지의 죽음을 이해하지 못하는구나…… 라고 안타깝게 생각했답니다. 저 역시 여덟 살이어서 당시에는 완전하게 이해할 수 없었기 때문에, 그저 동생이 할아버지에 대한 그리움에 혼자 연극을 하고 있다고 생각했습니다.

"할아버지가 방에 있어."

"할아버지가 목이 마르대."

"할아버지가 허리가 아프시대."

하지만 동생의 이런 행동은 나날이 심해졌습니다. 심지어 아무도 없는 할아버지 방에서 혼자 이야기를 하기도 했습니다. 모두들 동생을 걱정했지만 할아버지 사후 문제로 바쁘셔서 심각하게 생각하지 않았고, 어느새 시간이 지나 49재를 맞이했다고 합니다.

그리고 49재 마지막 날 밤.

"할아버지가 없어!"

"할아버지가 없어!"

"할아버지가 없어!"

하며 동생이 울기 시작했다고 했습니다. 그 후 동생의 행동은 정상으로 돌아왔고, 지금은 물론 그때 일을 전혀 기억하지 못하고 있습니다.

정말 사람이 죽으면 49일까지 집에 있는 걸까요?

대추나무의 저주

아버지께서 들려주신 이야기입니다. 고향에 내려
가면 저희 집과 담을 공유하는 옆집이 있습니다. 각
각 담이 있는 게 아니고 두 집 사이에 담이 하나밖에
없는 거죠. 이야기는 옆집에서 일어난 일입니다.

아버지가 어렸을 때, 옆집 마당에 대추나무가 한
그루가 있었다고 합니다. 대추나무가 참 커서 보기도
좋고 대추도 많이 열려서 옆집인 아버지네도 많이 따
먹고 그러셨다는데 정작 옆집 딸이, 밤에 대추나무가
창호지 문에 비치는 모습이 꼭 사람이 손 흔드는 것
같아서 무섭다며 베어 버리자고 했답니다. 옆집 부모
님께서 별 신경을 다 쓴다며 반대하셨지만, 딸이 계
속 울면서 이야기하자 결국 대추나무를 베어 버렸다
고 합니다.

그리고 얼마 후…… 옆집 소가 병들어 죽었습니다.

그리고 그 집 부모님도 갑자기 병환으로 돌아가시고 3남매였는데, 큰오빠는 대들보에 목매달아 죽고, 막냇동생은 실수로 집에 있던 농약을 마시고 죽었다고 합니다. 이제 남은 사람은 그 딸 하나. 갑자기 온 식구가 급살을 맞으니 동네에서도 무슨 일인가 싶어, 안쓰러운 마음에 먹을 것도 가져다 주고 해서 근근이 살았다고 합니다.

그런데 어느 날.

동네 아주머니 한 분께서 부침개를 해서 들고 갔는데, 아무리 불러도 안에서 대답이 없었답니다. 혹시 딸애한테도 무슨 일이 생긴 거 아닌가 하는 생각이 퍼뜩 들어서 이 분이 마당으로 뛰어들어갔답니다. 이상하리만치 집 안이 조용하더랍니다. 소름이 돋을 정도로……. 방문을 열어봤는데, 방이 너무나도 깔끔하게 정리되어 있었다고 합니다. 처음에는 여자애 방이라서 깨끗하구나 싶었는데, 갑자기 불길한 느낌이 들더랍니다. 사람이 죽기 전에 주변 정리를 한다는 게 생각나신 거죠. 아주머니가 급히 이장 댁에 가서 방송을 했다고 합니다. 여자아이를 본 사람은 빨리 연락해 달라고 말이죠.

　이윽고 동네는 발칵 뒤집히고, 밤이 늦도록 아이를
본 사람이 없어서 동네 사람 모두가 흩어져서 찾으
러 다녔다고 합니다. 동네 주변의 논과 밭, 인근 야산
등등 갈 만한 곳은 다 찾아 보았지만 여자애를 본 사
람은 아무도 없었습니다. 다음 날까지 동네 사람들이
찾아다녔는데…….

　그 동네에 곡교천이란 냇물이 있었답니다(지금은
공사를 해서 직할 하천이 되었지만, 당시에는 지금처
럼 넓고 깊지 않았다고 합니다). 누군가 그 곡교천 근
처에서 여자애 신발을 찾았답니다. 동네 사람들이 그
소리에 곡교천으로 가서 강 양쪽 끝까지 스크럼을 짜
서 강 밑바닥을 발로 훑으며 여자애를 찾았답니다.
신발이 있던 곳부터 아래쪽으로 훑어나가는데, 한참
을 가다가 갑자기 가운데 있던 사람이 "아이쿠!" 하면
서 주저앉더랍니다. 스크럼을 짰으니 다 같이 넘어질

뻔해서 사람들이 화를 내며 왜 그러냐고 조심하라고 소리쳤는데, 갑자기 그 사람이 덜덜 떨면서……

"내 아래 있어……. 아래 있다고……. 내가 밟았어."

시체를 건져 보니 하루밖에 안 되었는데, 물고기들이 뜯어 먹었는지 피부가 너덜너덜하고 눈도 파여서 덜렁덜렁하니 늘어져 있었다고 합니다. 시체를 본 아버지는 그 뒤 며칠 동안 밥도 못 드시고 계속 토하셨답니다. 시체를 밟은 사람은 더 하지 않았을까 합니다. 여하튼 마지막 남은 딸까지 죽어서 동네 사람들은 그게 대추나무의 저주라고 이야기하곤 했답니다.

수박

어느 여름날, 같은 아파트 단지에 사는 아버지 후배 분께서 밤 10시쯤 놀란 얼굴로 뛰어들 듯 저희 집 문을 열고 들어서셨습니다.

그분은 거실 한쪽에 털썩 주저앉아 한동안 쉽게 마음을 진정 못하시더니, 서서히 입을 떼셨습니다. 새 차를 뽑은 그분이, 가족과 함께 기분 좋게 저녁 드라이브를 하던 중이었답니다. 한참을 달리다 보니 도로에 커다란 수박이 하나 굴러들어와 있더랍니다. 속도를 높여 터뜨려 버릴까 하다가, 터뜨리는 쾌감 대신 누군가가 주워 가겠지 싶어, 수박 근처에서 마음을 접고 핸들을 돌렸답니다. 그래도 좀 아쉬운 마음에 백미러로 물끄러미 뒤를 돌아보았다고 합니다. 그런데 백미러 뒤에는 방금 전까지 보았던 수박 대신, 술에 취한 듯한 남자가 인도에 몸을 걸치고 상체만 도로로 떨어뜨린 채 엎드려 있었다고 합니다…….

어머니께서 준비하신 술상 앞에서 그분 얘기를 듣던 저도 순간 떠오르는 기억이 하나 있었습니다.

중학교 때 수업을 마치고 버스에 올라 집에 오는 길이었습니다. 많은 학생 사이에서 용케 자리에 앉을 수 있어 기분이 좋아 있던 터였습니다. 운전기사의 반대쪽 첫 좌석에 앉아, 지금은 없어진 교회 옆 도로를 지날 때, 도로 반대편에서 지그재그로 춤추듯 오토바이 한 대가 달려오고 있었습니다. 오토바이는 운전자가 술에 취했는지 빠른 속도로 넘어질 듯 곡예를 하며 이미 목적지를 잃은 듯했고, 혹시 앞에서 오는 오토바이가 중앙선을 침범하지 않을까 하는 걱정에선지 버스 운전기사도 속도를 늦추며 긴장한 듯 보였습니다. 이윽고 오토바이는 제가 탄 버스 근처까지 왔고, 긴 머리로 얼굴 대부분을 덮은 그 오토바이 운전자가 옆 전신주를 들이받았습니다.

모두가 긴장하고 지켜보는 가운데 몇 미터도 안 되는 거리에서……. "퍽" 하는 소리와 함께, 정말 잘 익은 수박이 깨지듯 아저씨의 머리가 붉은 피로 덮이며 도로를 물들였습니다.

절에서 내려오는 길

고등학교 때 친구가 겪은 일입니다.

저희 집 뒷산에는 절이 있는데, 동네 사람 대부분은 절에 다니셨습니다. 물론 이제부터 언급할 기묘한 체험을 했던 친구도 다녔습니다. 절에 가기 위해 산을 오르다 보면 산 중턱에 무덤이 하나 있습니다. 마치 사람이 사는 곳처럼 사람 어깨 정도되는 담이 둘러져 있었는데, 그 안에는 무덤과 비석, 그리고 동물 모양의 석상이 몇 개 있습니다. 평소에는 들어가는 일이 없이 무심코 지나치던 곳. 하지만 석가탄신일이었던 그날은 달랐다고 합니다.

절실한 불교신자셨던 친구 어머니와 친구는 그날 역시 아침 일찍부터 절에 올라가 등을 만들어 다는 것도 돕고, 비빔밥이며 산채 음식을 만드는 등, 절을 찾는 분들의 일을 도우며 시간을 보냈다고 합니다.

그러다 초저녁이 돼서 손전등을 얻어 집으로 내려오려 하는데 절에 주지스님이 갑자기 가는 길을 말리셨다고 합니다. 하지만 어머니께선 꼭 집에 가야 한다고 고집을 굽히지 않으셨다고 합니다.

결국 스님께서는 정 가셔야 하면 손전등 대신 등을 줄 테니 꼭 가져 가라 하셨는데, 친구 어머니께서 괜찮다고 하시면서 손전등을 가지고 내려오셨다고 합니다(등에 한문을 써주셨는데 나중에 알고 보니 그게 경문이었다고 합니다). 내려오는 길에 친구랑 친구 어머니는 사찰 음식으로 뭘 해서 먹을지, 이런저런 얘기를 하며 무서운 기분을 떨치며 걸었답니다. 얼마 지나지 않아 그 무덤 담벼락을 지나가게 되셨다고 합니다.

그런데 이게 무슨 일인지 갑자기 어머니가 걸음을 딱 멈추시더니 담을 향해 몸을 숙이신 채 비명을 지르시더랍니다. 친구는 그런 어머니의 모습이 무섭긴 했지만, 무슨 일인지 몰라 어머니께 매달렸다고 합니다. 그렇게 얼마 동안 있었을까요? 친구가 사람 살려달라고 울고불고 소리치는데, 저기 위쪽에서 불빛 하나가 빠르게 내려오더랍니다. 불빛의 정체는 바로 주지스님. 주지스님께서 등을 들고 큰 소리로 염불을 외시면서 오신 것이었습니다.

이윽고 친구 어머니께서 앞으로 푹 쓰러지시더니
벌떡 일어나 친구의 손을 잡고 스님이 들고 계신 등
을 빼앗아서 미친 듯이 산 아래로 뛰어가시더랍니다
(그 산은 그렇게 높지 않아 뛰어 오르내리기가 가능
합니다. 그리고 좀 더 내려가면 시멘트로 진입로를
만들어 뒀죠). 친구는 영문도 모르고 어머니 손에 이
끌려 눈 깜짝할 사이에 집에 도착하게 됐는데, 집에
도착해서 어머니께서 하시는 말씀을 듣고 기절할 뻔
했답니다.

어머니 왈, 그 무덤 주변을 지나려고 하는데 갑자
기 담벼락에서 손이 나와 어머니의 뒷머리를 움켜잡
더랍니다. 그리고 이렇게 계속 말했다고 합니다.

어딜 지나가…….

어딜 지나가…….

어딜 지나가…….

계속 "어딜 지나가……." 라고 앙칼지게 소릴 지르

며 더 심하게 머리를 잡아 올렸고, 그렇게 한참을 머리채를 잡혀 있는데 머리채를 잡은 손에서 느낌이 오더랍니다. 이제 제대로 잡았다 하는 만족감과 희열감이…….

다행히도 그때 마침, 뒤에서 주지스님의 목소리가 들릴 때쯤, 그 손이 아쉬움과 분노로 더 힘 있게 머리채를 당기더니 곧 포기하고 어머니의 머리를 앞으로 획 던지듯 밀더랍니다. 어머니는 그제서야 살아야겠다는 생각에 친구 손목만 잡고 뛰었다고 합니다. 사실 어머니께선 자신이 무슨 행동을 하셨는지 잘 생각이 안 나셨다고 합니다. 심지어 스님이 가지고 계시던 등을 빼앗아 달린 것마저도.

친구가 어머니 말씀만 들었을 땐 반신반의했습니다만, 이윽고 어머니께서 한숨을 내쉬시며 뒷머리를 내리시는데, 어머니 손에 빠진 머리가 한 움큼 잡히고, 머리가 빠진 어머니의 뒷머리는 두피 밑이 파여서 피멍이 들어 있었다고 합니다. 그제야 친구는 머리끝까지 소름이 돋았고, 친구랑 친구 어머니는 공포로 밤을 보냈다고 합니다.

다음 날, 절에서 스님이 찾아오셨는데 그날 걱정이

돼서 등을 가져가라 했는데 왜 안 가져갔냐고 야단치셨다고 합니다. 그러고는 말씀하시길, 몇 년 전 절에서 요양하던 젊은 여자가 죽었는데, 죽을 때 이승에 한을 남기고 죽은 터라, 집으로 시신을 돌려보내지 못하고(시신을 보내면 귀신도 간다고 합니다) 절 가까이 묻고 스님이 그 무덤을 돌보셨다고 합니다. 그런데 그날 스님께서 친구 어머니를 보니 귀신이 장난칠 운이어서 그걸 막으려고 못 가게 했던 것이고, 만약 가시더라도 부적을 써 줄 테니 가져가라고 했는데 어머니가 사양하셔서 그런 장난에 걸려든 것이라고 합니다. 그리고 더 이상 절에 오시지 말라고 하셨고, 부처님은 마음으로 모시는 거니 집에서 수양하라고 하셨답니다.

나중에야 알게 된 이야기지만, 친구 어머니께서 그날 이후로 몸이 아프셔서 다시 절에 가셨답니다. 그때 스님께서는, 원래 어머니께서 귀신한테 급살 맞을 운이었는데 한 번 넘긴 거라고 하셨답니다. 지금도 그 귀신이 어머니 목숨에 미련을 못 버려 어머니께서 아프신 거니 절대 절에는 오지 말고 무덤을 지날 때도 모른 척하고 지나가라고 말씀하셨다고 합니다.

아버지의 꿈

제가 중학생 때 이야기입니다.

식구들이 모두 잠든 새벽, 아버지께서 갑자기 소리를 지르시면서 벌떡 깨시는 것이었습니다. 무언가에 쫓기는 듯 놀라신 모습. 아버지는 일어나시자마자, 바로 큰아버지뻘 되는 친척 분께 전화를 해보라고 하시고는, 식구들에게 꿈 이야기를 해 주셨습니다. 아버지는 꿈 속에서 어딘지 모르는 어두운 곳을 헤매고 계셨는데, 여러 사람이 사슬에 묶여 있는 것을 보았다고 합니다. 그래서 여기가 어디인지, 왜 그렇게 있는지 궁금해서 그들 곁으로 다가갔는데, 바로 그때! 어디선가 낯익은 목소리로 아버지를 부르는 소리가 들렸다고 합니다.

소리를 따라 사람들 틈을 헤집고 들어가니, 바로 아버지 친척분이신 그분이 묶여 있으셨고, 아버지를

보며 반가워하시던 그
분은 이렇게 말씀하셨다
고 합니다.

"내가 여기 왜 묶여 있는지 모르
겠구나. 어서 풀어다오……."

아버지는 바로 사슬을 풀어드리려고 했습니다만,
바로 그때 뒤에서 처음 보는 거대한 사람이 아버지
의 행동을 저지했다고 합니다. 아랑곳하지 않고, 계
속 사슬을 풀려고 했지만, 워낙 그 사람이 거세게 저
지하는 바람에 사슬을 풀지 못하셨고, 큰아버지께서
는 크게 소리치며 역정을 내셨다고 합니다.

"왜 나를 안 풀어 주는 거냐?! 안 되면 너라도 데려가야
겠다!!!"

그 시점에서 아버지는 꿈에서 깨어났고, 곧바로 어
머니를 통해 큰아버지께 전화를 해보라고 하셨던 것
입니다. 당황한 어머니께서 전화를 하시려고 안방에
가시는 중이었습니다. 그때 전화가 울렸습니다…….
전화 내용은 큰아버지께서 돌아가셨다고…….

나중에 안 사실이지만, 아버지께서 꿈에서 깨어나 셨던 시간과 큰아버지께서 돌아가신 시간이 같았다 고 합니다. 하지만 이것이 끝이 아니었습니다. 그 꿈 을 꾸고 얼마 후에 아버지께서 차를 몰고 가시다가, 전봇대를 박고 차 앞부분이 완전 박살나는 사고를 겪으셨습니다. 그 사고의 후유증으로 아버지께서는 심장이 굉장히 약화되셨죠. 꿈속에서 만난 그분께서 하신, "너라도 데려가야겠다!!!"라는 말씀이 단순한 꿈 이 아니라는 걸 느끼신 아버지. 그 후로는 스님 한 분 이 매년 재를 올려드리고 있습니다.

아빠를 살린 꿈

제가 초등학교 5학년 때 일입니다.

그날따라 유독 너무 피곤해서 평소보다 일찍 잠자리에 들었는데, 기묘한 꿈을 꾸었습니다. 꿈속에서 저희 가족은 마치 소풍이라도 가는 듯한 차림새로, 무언가를 기다리고 있었습니다. 생각해 보니 그곳은 버스정류장인 듯합니다. 이윽고 버스가 도착했고, 나, 동생, 엄마, 아빠 차례로 차에 올랐습니다. 그런데 아빠가 타려 하자, 운전 기사가 문을 닫으려는 것이었습니다. 너무 놀란 제가, "아저씨! 뭐 하는 거에요?!" 하며 문을 닫으려 하는 아저씨를 제지했죠. 아저씨는 당황하며, "저 사람은 타선 안돼!"라고 하셨습니다. 허나 꿈이라 가능했던지 저는 닫힌 버스 문을 무지막지한 힘으로 열었습니다. 그러자, 아저씨는 포기한 듯이 버스를 출발시켰죠.

저는 꿈속에서 필사적으로 정류장에 남아 있는 아빠의 손을 잡으려 애썼습니다. 아빠도 제 손을 잡으려 애썼고, 그 결과 아빠는 제 손을 잡았습니다. 그러나, 아빠는 버스에 오를 수는 없었습니다. 아빠가 제 손을 잡고 버스 계단을 밟으려 하면, 무언가 보이지 않는 것이 아빠를 떠밀었기 때문이었죠. 그래서 아빠는 제 손에 몸을 의지한 채, 버스를 따라오셨습니다. 그렇게 한참 달리는데, 어디선가 버스 한 대가 다가왔습니다. 마치 아빠를 태우려는 듯한 기세로, 우리가 타고 있던 버스 옆으로 바짝 붙었고 갑자기 그 버스 문이 열렸습니다.

운전 기사가 아빠에게 어서 그 버스에 타라고 재촉했는데, 아빠도 역시 제 손에 의지해서 쫓아오신 게 힘드셨던지, 옮겨 타려고 하셨습니다. 하지만 왠지 모를 이상한 예감에, 저는 아빠의 손을 꼭 붙잡고 놓지 않았습니다. 그래서 결국 아빠는 그 버스를 못 타시고, 제 손을 붙잡고 저희가 탄 버스를 따라오게 되셨죠. 그리고 잠에서 깨어났습니다. 꿈이라고 생각하기엔 너무 생생했습니다.

그런데 사건은 그날 낮에 터지고야 말았습니다. 점심 무렵 한 통의 전화가 걸려 왔습니다. 아빠가, 일하시는 도중 사고를 당하셔서 병원으로 옮겨졌단 얘기였습니다. 무척 놀란 우리 가족은 병원으로 달려갔는데, 의사는 "다행히 목숨은 건지셨습니다. 떨어진 철근이 머리를 비켜서, 뼈가 조금 부러진 것 외에는 큰 부상이 없습니다."라고 말했습니다. 그러곤 운이 정말 좋으신 분이라고 덧붙이셨죠.

며칠 뒤 아빠는 무사히 퇴원하셨습니다. 나중에야 안 사실입니다만, 할머니께서는 혹시라도 이런 일이 또 있을까 봐 무속인에게 찾아가셨답니다. 그런데 아빠를 본 무속인이 대뜸 이렇게 말했다고 합니다.

"자네 딸아이한테 고마워하게! 딸아이가 자넬 살렸어!"

저는 지금도 생각합니다. 꿈속에서 제가 아빠의 손을 놓았더라면……. 아빠가 뒤따라왔던 그 버스로 옮겨 타게 됐더라면……. 아빠가 지금처럼 살아계실 수 있었을까 하고 말입니다.

수학여행의 악몽

제가 살던 동네 여학교에서 있었던 실화입니다.

그 여학교에서 수학여행을 가기 일주일 전, 어느 선생님과 학생들이 비슷한 꿈을 꾸었습니다. 우선 선생님의 꿈은, 학생들이 버스를 타고 지리산으로 향하는 것이었습니다. 목적지에 도착해 모두 차에서 내렸는데, 학생들이 전부 흰옷을 입고 있더랍니다.

이윽고 학생들이 전부 차에서 내린 후에 등산을 했고, 선생님은 밑에서 학생들을 기다리고 계셨습니다. 한참 뒤 학생들이 내려오기 시작했는데, 선생님께선 너무 놀라셔서 꿈에서 깨어나셨습니다. 왜냐하면 학생 모두가 검은 옷을 입고 있었기 때문이죠.

그리고 어느 학생도 꿈을 꾸었다고 합니다. 그 학생의 꿈 역시 학생들이 지리산으로 수학여행을 떠났는데, 목적지에 도착한 학생들이 일제히 어떤 낭떠러지 앞으로 이동했다고 합니다. 그러고는 미리 준비해 온 검은 옷으로 갈아입고선, 모두 낭떠러지 밑으로 뛰어내리기 시작했고……. 깜짝 놀란 그 학생이 옆을 보니, 몇 년 전에 이 학교에서 자살했다는 여학생이 그 옆에서 좋아라 웃으면서 박수를 치고 있더답니다.

그리하여 이런 꿈 이야기들이 퍼지면서 수학여행이 급히 취소되었다는데, 만약 계획대로 수학여행을 갔더라면 과연…….

반복되는 꿈

학원 친구에게 들은 이야기입니다.

그녀의 친구 중에는 3개월 전부터 아주 이상한 꿈을 꾸는 아이가 있다고 합니다(지금까지도 말입니다). 꿈에서 그녀는 아주 어둑어둑한 복도에 어떤 여자와 단 둘이 서 있었다고 합니다. 10미터 정도 되는 거리를 두고 서로 마주보며 서 있었는데, 그 여자의 눈이, 거의 흰자만 보이는 아주 새하얗고 큰 눈이었다고 합니다. 그리고 무표정한 모습으로 그녀를 주시하고 있었다고 합니다.

특이한 건, 꿈속에서는 그녀의 가슴까지의 모습만을 겨우 볼 수 있는 밝기였고 아주 반복적으로 그 꿈을 꾸는데, 꿈을 꿀 때마다 거리가 좁혀지며 그녀가 다가오고 있다는 겁니다.

아주 천천히…… 천천히……. 아무 소리도 없이 단지 얼굴 표정이 조금씩 변하면서 말입니다. 지금 그녀가 최근에 꾼 꿈은 4일 전. 그녀는 지금 팔을 뻗으면 겨우 닿는 거리까지 와 있습니다. 지금도 그녀는 그 꿈을 꾸게 되지 않을까 두려워하며 밤을 지새고 있습니다.

대답

저희 할머니께서 돌아가셨을 때 일입니다.

장례식을 마치고 돌아온 날, 저녁식사를 하려다가 어머니께서 제게 "할머니께 진지 잡수시라고 말씀 드리렴." 하셨습니다(할머니께선 생전에 2층에서 혼자 계셔서 식사 때마다 저나 동생이 할머니를 모시러 가곤 했습니다).

이윽고 어머니께선 "아참…… 습관처럼 말해 버렸네." 하고 눈시울을 붉히셨는데, 눈치없는 동생이 농담 삼아,

"할머니 진지 잡수세요!"

라고 외쳤습니다. 그러자……

"……응."

하고 2층에서 대답이 있었다고 합니다.

방 안에 흐르는 피

괴담가를 자처하고 있는 본인이지만, 귀신이나 기묘한 일이라곤 겪은 적 없는 영능력 제로의 인간입니다. 게다가 귀신의 존재를 맹신하지 않는 중립적인 태도를 취하고 있으니, 참으로 아이러니한 일이기도 하죠. 하지만 그런 저에게도 가위눌림에 시달려야 했던 때가 있었습니다. 중학교에서 고등학교 때까지 살던 어느 아파트에서의 5년. 저는 거의 매일같이 가위에 눌려야 했습니다. 가위가 현실인지 아니면 꿈속에서 제가 만들어 낸 영상의 일부인지 알 수는 없지만, 가위에 눌린 상태에서 접하게 되는 상황은 상당히 괴이한 것들이었습니다.

언젠가 가위에 눌린 상태에서 천장을 본 적이 있는데, 천장에 사람 얼굴이 부조처럼 불쑥 튀어나와 있는 것이었습니다. 그리곤 천장에서 증식해 가는 얼굴들…… 그 뒤로는 가위에 눌린 다음부터 눈을 뜨지 않게 되었습니다. 무엇이 절 지켜볼지 두려웠기 때문이죠. 하지만 눈을 뜨지 않자, 공포는 귓가에서 들려왔습니다. 가위에 눌려 몸이 움직이지 않는 상태에서 귓가에 알 수 없는 소리가 들리기 시작했습니다. 그 소리들은, 어느 날은 어린아이의 칭얼거리는 목소리이기도 했고, 또 어느 날은 할머니의 음침한 목소리이기도 했습니다.

그렇게 몇 년 간 가위에 눌리다 보니 어느새 잠들기 전에, '아~ 또 가위에 눌리겠구나.' 하고 미리 감지하게 되는 지경이었습니다. 자려고 누웠을 때 손과 발끝에서 느껴지는 미묘한 느낌. 그 느낌이 전해질 때면 저는 몸을 뒤척이면서 가위에 눌리는 것을 막았고, 그 뒤로는 가위에 눌리는 일이 없었습니다.

그러던 어느 날이었습니다. 그날도 손과 발끝에서 미묘한 느낌을 받았습니다만, 너무나도 피곤했던 탓에 몸을 움직이지 않고 그대로 있었습니다. 그리고 잠이 들었던 것 같습니다만, 누군가 나를 지켜보고 있다는 생각이 들었습니다. 사람의 시선이란 건, 수면 상태에서조차 무시 못할 느낌이기도 하죠. 계속되는 그 위화감에 저는 자다가 눈을 뜨고 말았습니다. 방 안이 어두워서 잘 보이지 않았지만, 전 제 옆에 어떤 여자가 다소곳하게 앉아 있는 것이 보였습니다.

처음에는 어두웠기 때문에 여자가 앉아 있는 것만을 느낄 수 있었습니다만, 점차 제 눈이 어둠에 동화되었을 때 저는 정말 경악할 수밖에 없었습니다. 제옆에 앉아 있는 여자의 얼굴에는…… 두 눈이 없었습니다. 말 그대로 눈알이 파여진 채로, 시선이 절 향하고 있습니다. 그리곤 눈알이 파여진 그곳에선 피가서서히 흐르고 있었습니다.

여자는 눈알에서 피를 흘리며 계속 앉아 있었고, 저는 가위에 눌려 움직이지 못하며 방 안에 피가 흐르는 것을 보고만 있어야 했습니다. 그렇게 긴장된분위기에서 있기를 한 10여 분이었을까……. 그제서야 전 가위에서 풀릴 수 있었고, 그때 여자는 이미 사라지고 없었습니다. 그날 이후, 전 가위에 눌릴 것 같은 느낌이 오면 아무리 피곤해도 몸을 이리저리 돌려서 자곤 했답니다. 그리고 다행히도 현재 사는 곳으로 이사온 후로는 가위에 눌리는 일이 없었습니다……

신처용가?

한 달 전 일입니다.

저는 1년 간 살던 하숙집을 떠나 이사를 했습니다. 이사한 곳은 건축된 지 얼마 안 된 새집이라 무척이나 마음에 들었고, 기분 좋게 잠들 수 있었습니다. 그런데 그날 밤. 자는데 묘한 인기척이 느껴졌습니다. 저는 몸을 일으켜 보려고 했는데, 가위에 눌린 듯 몸이 움직이지 않았습니다. 가위에 눌려 본 적이 있는 분은 아시겠지만, 몸이 움직이지 않으면 심기가 불편하면서 불안해지지 않습니까? 그렇게 누워만 있는데 이상한 것이 보였습니다.

분명 제 방에는 저 혼자서 잡니다만, 이불 밑으로 보이는 다리는 네 개였던 것입니다. 두 개는 분명 제 것이겠죠, 그렇다면 나머지 두 개는……

그때였습니다. 아무도 없다고 생각한 방
안이었는데, 갑자기 제 옆에서 흐흐흑……
흐흐흑…… 하고 울고 있는 여자의 울음소
리가 들렸습니다. 바로 제 옆에서
말입니다.

목조차 돌아가지 않는 터라, 똑바로
볼 순 없었지만 분명 누군가 옆에 있는
것 같았습니다. 저는 엄청난 공포를 느
꼈고(마음속으로 비명을 지르다) 어느새
기절했습니다.

아침에 일어나자마자 저는 친구
네로 갔고, 며칠 간은 친구들을 데려
와서 같이 잤습니다. 친구들과 있을 때는 그런 일이
없었고, 다행히도 보름 전 다시 저 혼자 자기 시작했
을 때도 더 이상 그런 일은 없었습니다.

동네 괴담

자세한 지명은 밝힐 수 없지만 저희 동네(서울)에서 일어난 일입니다.

현재 대학생인 저는 20년 가까이 같은 동네에서 살아왔는데, 어렸을 때부터 동네에는 뭔가 나온다는 소문이 있던 길목이 있었습니다. 예나 지금이나 가로등이 적은 곳이었는데, 소문의 길목은 가로등이 하나도 없어서 한밤중에는 어른들도 지나가길 꺼려 하는 곳이었습니다.

길목에는 지하 건물 하나가 있었습니다. 확실하게 기억나지는 않습니다만, 아마 양말 공장이었던 것으로 기억됩니다. 처음 길목을 알았을 때는 아무 소리도 나지 않았기에 폐가인가 싶었지만, 어느 날부터 기계소리와 판소리가 작게 새어 나오고, 밤에는 희미한 불빛이 새어 나왔던 걸로 보아, 밤늦게까지 공장이 가동되었던 것 같습니다. 그리고 세월이 흘러, 제가 고등학교에 진학하여 옆 동네로 이사 간 후, 소문의 길목에 있던 공장에 화재가 났었다고 합니다. 재빨리 진압하여 불이 번지는 건 막을 수 있었지만, 안타깝게도 지하였던 터라 열댓 명의 직원들과 곁에 있던 직원의 아이들이 유독가스에 질식하여 목숨을 잃었다고 합니다. 조용한 동네다 보니, 그런 큰 사건으로 며칠 동안을 화재 이야기로 근처 동네까지 들썩였습니다.

그리고 온 동네를 떠들썩하게 했던 화재 사건이 서서히 누그러들 때쯤 지하공장 건물 옆에 공사 중이었던 단독주택이 완성되었습니다. 주택의 주인은 형의 절친한 친구 가족이었는데, 당시 친구 가족들은 외국에 있어서 화재에 대한 이야기를 전혀 몰랐다고 합니다. 형 역시 새 집에 살게 된 친구의 기분이 상할까봐 화재에 대한 이야기를 하지 않은 채, 잠자코 있었습니다.

그로부터 한 달 뒤.

오랜만에 집에 놀러 온 형 친구로부터 이상한 이야기를 듣게 되었습니다. 새집이라서 좋았는데, 밤마다 이상한 울음소리가 들려서 잠을 설친다는 것이었습니다. 처음에는 고양이 울음소리인 줄 알았는데, 하루하루가 지날 때마다 그 울음소리는 점점 통곡으로 변했다고 합니다. 하지만 워낙 종교에 대한 믿음이 굳건했던 형이어서 귀신일지도 모른다는 생각은 하지 못한 채, 고양이 울음소리가 심하다고만 생각했답니다. 하지만 집 밖에 나가 소리의 정체를 알아내려고 하면 소리가 멈추고, 집 안에 들어오기만 하면 금세 소리가 이어지기 시작했다고 합니다.

이야기를 들은 형과 저는 뭔가 이상하다 싶어서, 결국 집이 공사 중이었을 때 옆에 있던 공장에 화재가 있었다는 이야기를 하게 되었습니다. 그러자 형 친구의 얼굴이 창백해지면서 기겁을 하는 것이었습니다. 친구 할머니께서 귀신을 보셨다는 것이었습니다. 형 친구에게만 이야기했다는데, 할머니께서 주무시다가 톡! 톡! 창문을 치는 소리에 눈을 뜨면 창 밖에 여자가 둥둥 떠다니면서 자신을 쳐다보고 있었다는 것이었습니다. 마당에 나무가 있었기에 연로하신 할머니께서 잘못 보셨을 거라고 친구는 생각했었답니다.

얼마 지나지 않아 안방에서 주무시던 부모님께

서도 비슷한 일을 겪게 되셨다고 합니다. 한두 번이면 잠자코 있겠는데, 매일매일 잠들 만하면 창 밖에서 사람들이 뛰어다니는 소리가 들려온다는 것이었습니다. 아버지께서 몇 번이나 도둑인 줄 알고 마당으로 뛰쳐나가 보셨지만, 역시 아무것도 볼 수 없었고⋯⋯. 화재 이야기에 부모님 이야기까지 듣게 된 형 친구는 정말 귀신일지도 모른다는 생각에 밤마다 들리는 소리에 잠을 이루지 못했다고 합니다.

그리고 며칠 뒤.

형 친구로부터 다시 한 번 놀라운 이야기를 듣게 되었습니다. 아무도 입주하지 않았던 공장 건물에서 화재가 또다시 발생했다는 것이었습니다. 이번에도 화재는 지하에서 시작되었다고 했는데, 감식하던 사람들은 이미 화재가 발생했던 곳에서 수습이 되기 전에 다시 발생했기 때문에 정확한 화재의 원인은 찾아내지 못하고 방화일지도 모른다는 결론을 내렸다고 했습니다. 그리고 며칠 뒤. 이 일은 뉴스에 등장하였습니다.

뉴스에서는 **동 괴담이라는 타이틀로 방송되었던 걸로 기억합니다. 뉴스는 위에서 언급했던 소문으로 시작하여 화재로 인한 참사를 소개했는데, 놀라운 부분은 다음부터였습니다.

화재를 진압하는 과정에서 건물 보수 정리를 하는 도중 시멘트 벽을 허물던 인부가 비명을 지르면서 지하에서 뛰쳐나왔다고 합니다. 어두컴컴한 지하 시멘트 벽 속에서 여자 시체가 발견된 것입니다. 이윽고 한번도 본 적이 없었던 건물주의 인터뷰도 볼 수 있었는데, 건물을 짓고 나서 입주한 사람마다 전부 사고사를 당했다고 합니다. 정확하게 기억나진 않지만 행방불명된 사례도 있고, 교통사고서부터 피살까지…… 여담이지만 시멘트 속 여인의 신분은 아직까지도 밝혀지지 않았다고 합니다.

그 후 건물주는 무속인을 불러 원혼들을 위한 굿을 했다고 합니다. 다행히도 굿이 효과가 있었던지 건물 옆 단독주택의 주인인 형 친구 가족들도 차츰 밤새 가족들을 괴롭혔던 소리를 듣지 않게 되었다고 합니다. 몇 달 뒤에는 동네 주민들의 민원으로 지하건물 길목에 가로등이 설치되었는데, 이상하게도 켜놓으면 얼마 안 가 꺼져 있고, 켜놓으면 얼마 안 가 또 꺼져 있고……를 반복하여 무용지물 상태로 골목을 지키고 있습니다. 저는 다시 그 길목을 다니기 꺼리게 되었고, 대부분의 사람들도 밤에는 지나가길 꺼리고 있습니다.

현재 길목에는 여러 주택이 들어섰지만, 화재가 있었던 건물에는 문 앞에 부적이 붙여 있는 상태로 아무도 입주하지 않고 방치되어 있는 상태입니다.

이불

제 어릴 적 일입니다.

당시 초등학생이었던 저는 어머니를 따라, 제사를 지내러 외갓집에 갔었습니다. 당시 어른들은 제사를 지내시고, 저는 외사촌동생과 함께 둘이서 작은방에서 놀고 있었습니다.

한참을 놀고 있는데, 무심코 옆을 돌아보니, 방바닥에 깔아둔 얇은 이불이, 마치 앉아있는 사람에게 이불을 덮어씌운 것처럼 불룩하게 솟아 올라 있는 것이었습니다.

저희는 너무 놀라서 잠시 동안 꼼짝도 않고 가만히 있었습니다만, 잠시 후에 정신을 차린 제가 겁도 없이 얼굴이라고 짐작되는 곳을 손가락으로 찔렀는데, 손가락이 안으로 쑤욱~ 들어가는 것이었습니다.

그제야 온몸에 소름이 쫙 끼쳐서 사촌동생과 소리지르며 도망 나왔습니다. 그리고 어른들에게 자초지종을 이야기하고 어른들과 다시 작은방으로 왔을 때…… 이불은 얌전히 방바닥에 깔려 있었습니다…….

손바닥

제가 고등학교 때 겪은 일이니 5, 6년 전 일입니다.

먼저 그때의 제 방 구조를 말씀 드려야겠습니다. 제 방은 긴 직사각형 형태였고, 자리에 누우면 복도 쪽으로 난 창문이 바로 보였습니다. 일이 일어난 그 날 역시, 전 평소와 다름없이 자리에 누워 잠이 들었습니다. 그런데 새벽녘쯤 잠결에 눈을 뜨게 되었는데, 전 그대로 얼어붙고 말았습니다.

피 묻은 손바닥이 제 방 창문을 이리저리 더듬고 있었던 것입니다. 그야말로 창문을 피로 칠하고 있었습니다. 게다가 그 손의 높이는 도저히 보통 사람이라면 닿을 수 없는 곳에 있었습니다. 천장 바로 밑의 창이 벌겋게 물드는 것을 보고 있자니 너무나 무서웠지만, '꿈일 거야, 꿈이겠지' 하면서 다시 잠들려고 노력했습니다. 그리고 두려움에 벌벌 떨면서 어느새 잠에 빠져버렸습니다.

　다음 날 아침. 전 일어나자
마자 창문을 보았습니다만,
창문은 마치 아무 일도 없었
다는 듯이 평소처럼 깨끗했
습니다.

　전 지난 밤의 그깟 악몽 때
문에 벌벌 떨었던 제 자신이 우
스워서 '그럼 그렇지~' 하며 평소보
다 더 씩씩하게 학교 갈 준비를
했습니다. 그리고 학교를 가
려고 현관문을 연 순간, 그
자리에서 다시 한 번

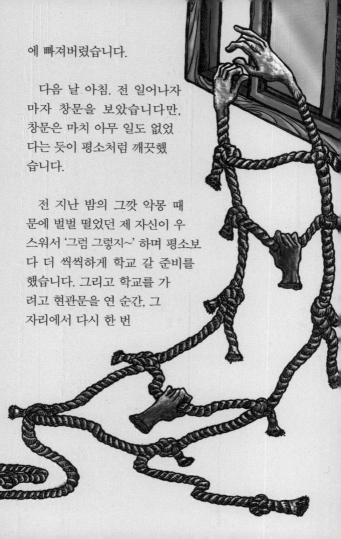

얼어붙을 수밖에 없었습니다.

　제 방 창문 건너편인 저희 집 복도로 붉은 핏방울
이 계속 떨어져 있었기 때문입니다.

눈 오는 날의 거수자

저는 현역 복무중인 군인으로, 작년 겨울(11월)에 겪은 기묘한 일을 이야기하고자 합니다.

저희 중대가 담당한 경계 지역은 탄약고 후문으로, 산 중턱에 있는 말 그대로 최악의 근무지입니다. 11월의 그날도 어김없이 쏟아지는 졸음을 이겨내며, 겨우 한 시간 야간근무를 마치고 사수와 둘이 복귀하는 길이었습니다. 아무것도 보이지 않는 야간에다 눈까지 내려, 미끄러운 내리막길을 조심조심 내려가고 있는데, 제 앞을 걸어가던 사수가 갑자기 그 자리에 서서 저에게 소산(흩어지다)하라는 수신호를 보냈습니다.

전 급히 은폐 가능한 공간으로 소산을 했지만, 근무 투입할 때나 복귀할 때 소산하는 일은 거의 없었기에 의아해하며 반대편에 소산해 있는 사수를 바라보고 있었습니다, 이윽고 사수는 수신호로 내리막길의 끝을 보라는 수신호를 보내기 시작했습니다.

내리막길 끝은 탄약고 안에 설치된 가로등에서 빛이 약간 새어나오는 곳인지라, 자세히는 아니더라도 앞에 무슨 물체가 있는지 식별할 정도의 시야는 확보가 되는 그런 공간이었는데, 그 내리막길 끝에 희미하게 검은 물체가 보였습니다. 그 물체는 누가 보아도 서 있는 사람의 형체였습니다. 이 시간에 순찰자가 올 리도 없고 순찰자나 동초근무자는 항상 2인 1조로 다니기에, 경계지역에 혼자 다닌다는 건 99%가 거수자(신원불명의 사람)일 가능성이 높아, 전 바로 총구를 거수자에게 겨눴습니다.

"정지! 손들어! 움직이면 쏜다! 담배!"

"……."

"담배!"

"……."

"담배!"

"……."

수하를 3회 하였음에도 불구하고 대답이 없자, 사수는 제게 포획하자는 수신호를 보냈습니다. 전 고개를 끄덕이며 앞으로 뛰쳐나갈 준비를 했고, 사수의 움직임과 동시에 거수자에게로 달려갔습니다. 아니나 다를까? 사수와 제가 포획한다는 것을 알아차린 거수자는 다급히 도망가기 시작하였습니다. 근무 투입로이자 복귀로인 내리막길을 조금만 지나면 삼거리가 나오는데 왼쪽으론 대대 OP를 오르는 길이 나오고 오른쪽은 탄약고 정문 초소가 있는 길이라, 역시 거수자는 초소가 없는 대대 OP쪽으로 방향을 틀어 도망치기 시작하였습니다.

"거기서!!" 라는 사수의 외침에도 불구하고 거수자는 계속하여 도망쳤는데, 이상하게도 아무리 빨리 뒤를 쫓아도 거수자와의 거리는 좁혀지지 않았습니다. 사수나 저나 점점 오기가 생겨 죽을 힘을 다해 계속 달렸습니다. 그렇게 10분 정도 달렸을 때…….

"야! 멈춰!!"

"왜 그러십니까, 상병님(사수)! 잡아야 합니다!!!"

"알아, 그건 아는데 일단 진정하고 멈춰봐."

거수자가 앞에 달아나고 있는데, 멈추라는 사수의 말에 저는 멈출 수밖에 없었고, 아니나 다를까? 따지기 시작했습니다.

"왜 멈추라는 겁니까! 앞을 보십쇼! 잡아야 합니다!"

"말 들어! 잠깐 흥분을 가라앉히고, 앞을 봐라."

앞? 도통 이해가 되지 않는 말이었지만, 자리에 멈춰 서서 앞을 본 순간, 저는 온몸이 경직되어 굳어 버렸습니다. 눈 덮인 산. 아무도 오르지 않은 길. 그럼 분명히 앞에 도망가는 거수자의 발자국이 남아야 있어야 되는데…… 제 앞에 펼쳐진 길엔 발자국은커녕 그 누구도 지나간 흔적이 없었기 때문입니다.

그러나 거수자는 저와 사수를 우롱하듯 여전히 달려가고 있었습니다.

한밤중의 노래

친구들이 저희 집에 놀러 왔을 때였습니다.

놀러 온 친구들을 포함해 언니, 나까지 포함해서 모두 일곱 명. 우리들은 한참 동안 재미있게 놀다가 한 친구의 제안으로 각자 무서운 이야기를 하게 되었습니다.

특히 저희 언니와 저는 여자임에도 불구하고 약간 낮은 중저음의 목소리를 가진 터라 무서운 이야기를 하기에는 정말 적격이었고, 게다가 저희 언니는 그때 하필 목 감기까지 걸려 있었습니다. 가래 끓는 중저음의 여자 목소리, 정말 무서운 이야기를 실감나게 하긴 딱이었죠. 아무튼 우리는 모두 침을 꿀꺽 삼키며 언니의 이야기에 빠져들었습니다. 그리고 한 명 한 명 무서운 이야기를 하다가 저녁을 먹고 스르륵 잠이 들었습니다.

그런데 한밤중이었습니다. 자고 있는데, 갑자기 배가 아픈 겁니다. 보통 때 같으면 혼자 화장실에 갔겠지만, 저녁에 무서운 이야기를 너무 많이 들은 데다가 언니가 들려준 화장실 귀신 이야기가 머리에 남아 있어서 도저히 혼자 갈 수가 없었습니다. 그래서 두리번거리다가 제 옆에서 자고 있는 언니를 깨웠습니다.

"언니, 언니. 일어나봐."

"왜 그래?"

깜짝 놀랐습니다. 언니 목소리가 좀 이상했기 때문입니다. 높낮이가 없는 약간 쉰 듯한 목소리. 하지만 언니는 목 감기에 걸린 상태였기에 그때는 그런가 하고 깊게 생각하지 않았고, 언니를 깨워 화장실에 같이 가자고 했습니다. 그런데 화장실 문 앞까진 몰라도 함께 들어갈 수는 없잖아요? 언니는 밖에서 기다리고 저는 용변을 보고 있었는데, 갑자기 화장실 이야기가 떠오르면서 등골이 서늘해지는 겁니다. 저는 언니한테 노래를 좀 불러달라고 했죠.

"언니야~ 나 무서워서 그런데 노래 좀 불러 주라."

"······ 알았어."

"엄마가 섬그늘에~ 굴 따러 가면~ 아기는 혼자 남아 ~~~ 집을 보다가~~~."

근데 하필이면 언니가, 제가 가장 무서워하는 노래를 부르는 겁니다. 저는 언니에게 계속 다른 노래를 부르라고 했지만 언니는 됐다며 계속 섬집아기를 부르는 것이었습니다. 하지 말라고 해도 계속 부르는 탓에 저는 무서움을 겨우 참다가 일을 마치고 다시 잠자리에 들었습니다.

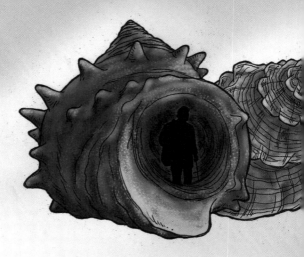

그런데 아침에 일어나보니 분명히 제 옆에서 잠들었던 언니가 없는 것입니다. 그때만 해도 일찍 일어났다 보다 하고 아침을 먹다가 어젯밤 일이 생각나서 언니에게 말했습니다.

"언니, 어제 화장실 같이 가줘서 고마워. 근데 왜 하필 그 노래를 부르냐? 무섭게시리……."

그런데 언니는 "야, 나 어제 안 그래도 좁은 방에 니들 자는데 방해될까 봐, 너네 잔 다음에 바로 내 방 와서 잤어. 그리고 내가 미쳤다고 한밤중에 섬집아기를 부르냐? 그게 얼마나 무서운 노랜데……." 라고 하는 것이었습니다. 언니의 말에 모두들 내가 장난을 친다며 웃었지만 저의 표정을 보고는 분위기가 싸해졌고, 수저 소리만 조용히 들리는 가운데 가장 조용하던 제 친구가 한마디했는데……. 그 말을 듣는 순간 우리는 일제히 수저를 떨어뜨렸습니다.

"야……! 사실은 내가 어제 물을 마시러 부엌에 가다가 화장실 앞을 지나갔는데, 너 혼자 화장실에서 뭐라고 중얼거리더라. 아무도 없는데 꼭 근처에 누가 있는 것처럼."

아파트 304동 105호.

　부모님께서 맞벌이를 하셨던 어린 시절, 저희는 새 아파트로 입주하게 되었습니다. 전에 살던 주택단지의 친구들과 헤어지고 전학을 해야 했는데도 전 방이 넓어진 새 집으로 이사하는 것만으로 신이 났었습니다. 그리고 이사 후 1년이 지났을 쯤. 제 주위에서 이상한 일이 일어나기 시작했습니다.

1

　제 방의 침대 머리맡에는 창문이 하나 있습니다. 평소에는 항상 창문 아래로 머리를 두고 자는데, 그날은 너무 피곤했던 터라, 그대로 침대에 푹 쓰러져 평소와 반대 방향으로 잠을 자게 되었습니다. 그렇게 초저녁부터 정신없이 자고 있는데 새벽쯤이었을까요?

　"또각. 또각. 또각."

평소 듣지 못한 발소리에 잠에서 깨어나게 되었습니다. 저희 집이 1층이었기에 전 다른 층에 사는 사람이 지나가는구나, 라고 생각했습니다만, 가만 들어보니 그 발자국 소리는 꼭 저에게 다가오는 것처럼 가까워지는 것이었습니다. 그리고 몸이 움직이지 않았습니다. 말로만 들었던 가위에 실제 눌리게 되니 무서워졌고, 뾰족한 하이힐 소리는 점점 저를 향해 다가왔습니다. 나중엔 엉엉 울어도 봤지만 소용이 없었고, 그러다가 잠이 들었는데 너무 울었던 모양인지 아침에 눈가가 부었을 정도였습니다.

그 후로 방에서 안 자고 일주일 정도는 거실에서 잤습니다. 그리고 그 일이 잊혀질 때쯤 다시 방에서 자기 시작했습니다. 어느 날 밤 자고 있는데, 누군가의 시선이 느껴져서 눈을 떴습니다. 얼굴이 하얀 단발머리의 여자가, 침대 밑에 앉아서 침대에 턱을 받치고는 절 가만히 쳐다보고 있는 것이었습니다.

전 너무 무서워 헉! 소리도 못 내고 이불을 머리끝까지 뒤집어써 버렸습니다. 잠도 못 자고 그렇게 아침까지 이불 속에서 벌벌 떨 수밖에 없었습니다. 그날 이후 저는 제 방에서 잠을 자지 않았습니다.

2

저희 엄마는 치킨 집을 하셨는데, 워낙 일도 많고 손님이 많았던 터라 새벽쯤에야 집에 돌아오시곤 했습니다.

그런데 어느 날이었습니다.

그날도 새벽 2시가 넘어서 돌아오셨는데, 주무시려고 누우려니 갑자기 초인종 소리가 났답니다. 새벽 두 시가 넘는 시간에 집에 올 사람이 없었기에 엄마는 문 앞에서 "누구세요?"라고 물었지만, 밖에선 아무런 대답이 없었습니다. 엄마는 무서운 마음에 아빠를 깨웠지만 아빠는 너무 피곤하였던 터라 잠에서 깨어나지 못하셨고, 결국 엄마는 문의 작은 구멍으로 밖을 보셨는데…… 엄마는 그 후로 누가 와도 그 구멍으로 보지 않으려고 하십니다.

그때 엄마가 보신 건……. 하얀 원피스를 입은 단발머리의 여자. 그 여자가 계단 옆에서 가만히 문을 바라보고 있었던 것입니다. 엄마는 혹시라도 눈이 마주칠까 봐 방으로 들어오셨는데, 그 후로도 엄마가 새벽에 들어오시는 날이면 그 초인종 소리가 들렸고, 아빠는 아무리 깨워도 일어나지 않았다고 합니다. 더욱 신기한 건, 그 초인종 소리는 엄마한테만 들릴 뿐. 다른 가족 누구에게도 들리지 않았다는 것입니다…….

3

당시 고등학생이던 오빠는 식구들 몰래 담배를 피우곤 했습니다. 오빠 방은 창문이 베란다 쪽이었기에 오빠는 담배 연기가 빠지기 좋다며, 저랑 한 달만 방을 바꾸자고 했습니다. 저는 당시 컴퓨터가 오빠 방에 있었기에 밤에도 컴퓨터를 할 수 있다는 생각에 쉽게 동의했었습니다. 방을 바꾸고 보름이 지난 어느 날, 오빠가 제 방에서 귀신을 봤다고 이야기하는 것이었습니다. 보통 아파트 1층은 쉽게 도둑이 들기 때문에 철창 같은 방범망이 있고, 지나 다니는 사람들의 시선을 막기 위해 높은 곳에 창문이 있습니다. 만약 누가 창문으로 방을 들여다보려면 사다리를 놓고 올라오지 않는 이상, 보통 사람들의 키라면 미치지도 못합니다.

그런데 그날 밤.

오빠가 자려고 하는데, 창문 밖으로 가로등 불빛이 비치는데, 창문 그림자가 벽에 생겼다고 합니다. 원래 창밖에 가로등이 있어 창문 모양으로 그림자가 벽에 지기 때문에 대수롭지 않게 생각했는데, 갑자기 그림자 위로 어떤 사람의 상반신 그림자가 창문에 겹쳐 올라왔다는 것이었습니다. 이해할 수 없는 그림이었습니다. 정말 이상한 사람이 사다리를 놓고 와서 한밤중 창문 밖에 서 있지 않는 이상 사람의 상반신이 보일 수는 없는 상황인 것이지요.

4

그 후로 저희 라인에 사는 다른 집 사람들도 많이 아프거나, 죽는 일이 자주 생겼습니다. 저희 앞집 아저씨는 병원 정원의 미장(나무를 깎는) 일을 하셨는데, 발을 헛딛는 바람에 떨어져 허리를 크게 다치셨습니다. 물론 더 이상 일을 할 수 없는 지경이 되셨고, 저희 집은 아빠가 뇌수술을 받으셨습니다.

또한 2층인 저희 윗집은 부부가 차 사고로 함께 죽어 남매가 하루아침에 고아가 돼서 친척 집으로 가게 되었습니다. 그리고 3층에 사시는 아저씨는 술을 마시고 거실에서 주무시다 심장마비로 돌아가셨으며, 그 집 아줌마는 지금 아들과 둘이 살고 있습니다. 게다가 4층에선 노환인지는 모르겠지만 할머니께서 어느 날 갑자기 돌아가셨습니다.

그리고 마지막 5층. 5층에 딸이 다섯 명인 집이 있었습니다. 그 집엔 언니들이 많았던 탓에 저도 자주 놀러 다니곤 했었습니다. 어느 날 갑자기 동네 사람들한테 아무런 말도 없이 이사를 가 버렸는데, 나중에 알고 보니 그 집 아주머니께서 암 말기 진단을 받아 얼마 살지 못한다 하여, 멀리 공기 좋은 곳으로 이사를 갔다고 들었습니다.

5

그렇게 저희 라인에서만 유독 사람들이 다치거나 죽는 일이 많아졌고, 마침 IMF로 인해 그 아파트를 팔고 건너편 주택으로 다시 이사를 가야 할 상황이 되었습니다. 귀신을 본 집에서 이사 가게 되어 잘됐다고 씁쓸하게 웃었던 기억이 납니다. 이삿날, 청소를 하면서 문득 아빠가 여태껏 숨겨왔던 이야기를 해주셨습니다.

"사실 나도 그 여자를 봤단다."

생전 한번도 경험 못했던 가위 눌림도 그 아파트에선 유독 잦았고, 엄마와 제가 보았던 단발머리의 여자를 아빠도 보셨다고 합니다. 아빠는 가장으로서 그런 말을 하기 어려워서 숨겼고, 이사를 했으니 하는 이야기라고 하셔서 저희 가족 모두 다시 한 번 섬뜩했던 기억이 있습니다. 지금은 신도시 아파트에서 잘 살고 있습니다만, 아직도 예전 그 아파트에 살고 있는 친구를 만나러 갈 때면 그 304동 아파트에서 있었던 일이 생각나기도 합니다.

제가 본 단발머리 여자의 원한이었을까요? 아직도 그 여자를 생각하면 오싹합니다.

없어

재작년 여름의 일입니다. 어느 무더운 여름날 정신 없이 자고 있었는데, 귓가에서 이상한 소리를 들었습니다. 분명 가위에 눌린 것도 아니었고, 꿈을 꾼 것도 절대 아니었습니다. 바로 제 옆에서 잠을 깨울 정도로 들리는 알 수 없는 속삭임에 저는 귀를 기울이게 되었습니다.

"……없어……."

"……없어……."

말이 정확하게 들리지 않았지만, 분명 그렇게 말하는 것 같았고 저는 좀더 귀를 기울이게 되었습니다.

"……없어……."

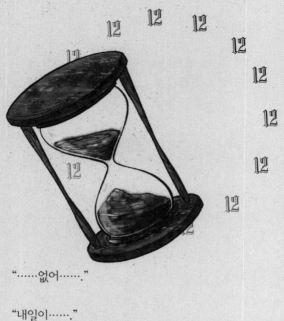

"……없어……."

"내일이……."

"내일이 없어……."

"내일이없어. 내일이없어. 내일이없어. 내일이없어. 내일이없어."

"내일이없어. 내일이없어. 내일이없어. 내일이없어. 내일이없어."

제 귓가에서 이 말만 계속 반복하여 들렸습니다.
눈을 뜨면 바로 눈앞에 누군가 있을 것만 같은데, 너
무 무서워서 눈을 뜰 수가 없었습니다. 태어나서 처
음으로 느껴 보는 공포였습니다. 그렇게 온몸에 소름
이 돋고 손가락 하나 움직일 수 없는 상황에서 전 기
절을 한 건지 어느새 잠이 들었습니다.

다음 날 아침 회사에 가라고 깨우는 어머니의 목
소리가 들리는 듯했지만, 쉽게 일어날 수가 없었습니
다. 다시는 잠들 수 없는 날만 있을 것처럼…… 정말
이지…… 더 이상의 내일이 없을 것처럼…….

달걀귀신

친한 친구에게 일어난 일입니다.

친구가 군대 가기 전에 집에서 잠시 놀고 먹던 때가 있었는데, 하루는 지방에 있는 친구를 만난 뒤 입석으로 오느라 굉장히 피곤한 상태였다고 합니다. 집에 오자마자 침대에 뻗어 자려고 하는데, 갑자기 고개를 숙인 남자 세 명이 들어오더니 방문을 쾅 닫는 것이었습니다. 그러고는 방문 쪽에 한 명. 다리 쪽에 한 명. 책상 앞에 한 명. 각각 한 명씩 서서는 고개를 드는데, 놀랍게도 눈도 없고 코도 없고 입도 없는 달걀귀신이었던 것입니다.

친구는 깜짝 놀라 방에서 나오려고 했지만, 손가락 하나 움직일 수 없는 상태였으며 목구멍을 타고 아무 소리도 낼 수 없는 그 상황에서 얼굴 없는 그 세 사람은 슬금슬금 한 발짝 한 발짝 다가오는 것이었습니다.

옴짝달싹 못하고 땀만 계속 흘리고 있는데, 귀신들이 바로 코앞까지 다가온 순간! 옆에서 어머님이 친구를 마구 흔들어서 깨웠다는 것이었습니다. 순간 방 안에 있던 사람들은 사라지고, 친구를 일으켜 세우는 어머니의 얼굴에 땀이 송글송글 맺혀 있더라는 것이었습니다.

"엄마, 나야 방금 가위에 눌렸으니까 그렇다 치고 엄마는 왜 그렇게 땀을 흘려요?"라고 친구가 묻자, 어머니의 대답을 들은 친구는 한동안 꼼짝도 할 수가 없었다고 합니다.

"그 세 사람이 너한테 무슨 짓이라도 할까 봐……."

신혼집

지금으로부터 40여 년 전, 저희 어머니께서 신혼 때 겪으신 일입니다.

새집에서 신혼생활을 시작한 첫날. 어머니께서 청소를 마치시고 안방에서 쉬고 계셨을 때였답니다. 갑자기 안방에 걸린 거울에 검은 그림자가 휙 하고 지나가는 게 언뜻 보였다고 합니다. 어머니께선 도둑고양이가 들어왔나 싶어 안방을 둘러보셨지만, 아무것도 없었기에 잘못 봤구나…… 하시곤 대수롭지 않게 생각하셨다고 합니다. 하지만 다음 날부터 거울만 보면 뭔가 오싹한 기분이 들고, 집에 혼자 있는 것이 무서워지셨다고 합니다. 신랑 그러니까 아버지께 이야기해 봐도 괜히 어린아이처럼 핀잔만 들으셨고…….

그러던 어느 날. 밤에 자는데 방바닥이 갑자기 들썩들썩 하더니만 갑자기 방바닥 속으로 빨려들어가는 느낌이 들었다고 합니다. 어머니는 방바닥에서 벗어나려고 필사적으로 몸부림을 치셨고, 정신을 차리셨을 때는 아버지께서 걱정스러운 눈으로 쳐다보고 계셨다고 합니다. 어머니께서 주무시면서 계속 "비켜" 하고 쉰 목소리를 내는 바람에 놀란 아버지께서 어머니를 깨우신 것이었습니다. 하지만 그것으로 끝나지 않았습니다. 어머니께선 거울을 옷가지로 가려 놓고 사셨지만, 밤마다 계속되는 악몽에 시달리셔야 했습니다.

그런 어머니를 구한 건 다름 아닌 겨울 추위였습니다. 겨울이 다가와서 방에 불을 때야 하는데 아무리 해도 방이 따뜻해지지 않는 것이었습니다. 아버지는 온돌을 고쳐야겠다는 생각에, 아는 사람들을 불러 구들장을 뜯었고 구들장을 뜯는 순간 모든 사람들이 경악을 했습니다.

구들장 밑에서 나온 건 바로 시체 두 구였습니다. 매일 밤 아버지와 엄마께선 방바닥 밑 시체 위에서 머리를 같이 하고 주무셨던 것입니다.

한밤중의 복도

고등학교 때 저희 생물 선생님께서 해 주신 이야기로, 선생님 친구 분이 겪은 경험담이라고 합니다.

친구 분은 복도식 아파트에서 사셨는데, 어느 날 가족 모두가 외출하고 친구 분(여자임) 혼자 남으셨다고 합니다. 낮에야 혼자 있어도 괜찮았지만, 밤이 되자 그녀는 혼자인 게 무서워졌습니다. 그래서 방에 환하게 불을 켜둔 채 잠을 청했고, 막 잠이 들려는 순간이었습니다.

복. 복. 복.

어린아이들이 신는 소리 나는 슬리퍼 아시죠? 그 소리가 아파트 복도에 울려 퍼지는 것이었습니다. 하지만 그녀가 알기론 자신이 살고 있는 층에는 어린아이가 있는 집이 없는데…… 그런 그녀의 생각과 별

개로 점점 그 소리는 크게 들렸답니다. 즉 그 친구 분 집과 가까워지고 있었던 것입니다.

똑. 똑. 똑.

급기야 그 소리는 바로 그녀의 방 창문 앞에서 멈추었습니다. 순간 어색하게 느껴질 정도의 정적이 맴돌았고, 그녀는 무서움을 애써 떨치며 잠을 청하려고 했습니다……만. 순간 창문을 쾅쾅쾅쾅…… 두드리며(느린 목소리로) "아~줌~마~, 아~줌~마~, 아~줌~마~." 하는 어린 여자아이의 목소리가 들렸습니다.

"아~줌~마~, 아~줌~마~, 아~줌~마~."

"아~줌~마~, 아~줌~마~, 아~줌~마~."

"아~줌~마~, 아~줌~마~, 아~줌~마~."

그녀를 부르는 그 목소리는 약 2~3분 동안 계속되었고, 그녀는 겁에 질려 친구에게 전화를 했습니다. 지금 너무 무섭다고 빨리 와 달라고…….

친구는 새벽에 무슨 일이냐며 투정했지만, 울먹이

는 친구의 부탁을 차마 거절할 수 없기에 오겠다고 하며 전화를 끊었습니다. 그러고는 얼마 후······ "띵동~ 띵동~" 하는 벨 소리가 났고, 그녀는 친구인가 싶어서 반가운 마음에 서둘러 자물쇠를 따려고 했습니다. 하지만 그 순간······.

쾅쾅쾅쾅!!! (아주 빠르게) 아줌마, 아줌마, 아줌마, 아줌마······.

쾅쾅쾅쾅!!! (아주 빠르게) 아줌마, 아줌마, 아줌마, 아줌마······.

쾅쾅쾅쾅!!! (아주 빠르게) 아줌마, 아줌마, 아줌마, 아줌마······.

그녀는 순간 너무 놀래서 자물쇠를 부여잡고 그 자리에 쓰러졌습니다. 그리고 시간이 꽤 지난 후 다시 초인종이 울렸고, 자신의 친구임을 확인한 그녀는 문을 열어 주었고, 그 후 그런 일은 일어나지 않았다고 합니다.

벽장

제가 컴퓨터 A/S를 하면서 학생에게 들은 이야기입니다.

한 학생이 1년 전에 겪은 이야기라고 합니다. 학생의 집은 30~40년 정도 된 한옥집이었습니다. 아시겠지만 한옥집에는 보통 방 안에 벽장이 하나 있죠? 학생의 집도 그런 집이었습니다. 어느 날, 부모님께서 여행을 가서서 할 일이 없던 학생은 밤새도록 게임을 했답니다. 그 친구 방 구조가 컴퓨터 옆에 바로 거울이 있고, 거울 맞은편으로 벽장이 있었는데……

새벽 2시쯤 되었을까요? 목이 말라서 주방에 가려고 일어나다가 거울을 우연히 봤는데, 벽장 문이 스르르 열리더랍니다. 순간 소름이 쫘악…… 학생은 당황해서 그 자리에 언 채로 거울을 바라봤고, 벽장 문은 아까보다 점점 더 크게 열리더랍니다.

학생은 너무 무섭고 겁이 나서, 큰 소리로 "아, 목말라~!" 하며 물 가지러 가는 척 하다가 냅다 벽장 문을 닫았는데…… 닫히던 벽장 문이 중간쯤에서 꿈쩍도 안했다고 합니다. 아무리 힘껏 밀어도 계속 그 상태…… 뭐가 걸려서 그런가? 싶어서 두리번거려도 아무것도 걸린 게 없었고.

학생은 안심하며 내가 뭔가 잘못 봤구나- 하며 자리에 앉아 게임을 다시 하려는데, 순간 거울에 비친 벽장 문이 아까보다 더 빠르게 열리더랍니다. 스르륵…….

그 순간 너무 놀라서, 이불 뒤집어쓰고 벌벌 떨다가 잠이 들었는데, 아침에 일어나 보니…… 벽장 문은 자물쇠로 단단히 잠겨 있었다고 합니다.

내가 너를……

전에 살던 집에서 있었던 일입니다.

더운 여름이었습니다. 서울에서 큰언니네가 놀러 와서 오랜만에 가족이 한자리에 모여 즐거운 시간을 보냈습니다. 그리고 밤이 깊어 거실서 모여 잠을 잤습니다. 베란다 쪽에서부터 큰언니 조카들, 저, 그리고 작은언니가 자고 있었습니다. 저와 작은언니는 현관 쪽으로 머리를 두고 자고 있었죠.

얼마나 잠이 들었던 걸까요? 왠지 모를 이상한 느낌에 잠에서 깨어났습니다. 전 멍하니 앉아 있다가 '잘 자다가 왜 깼지~ 날도 어둔데 짜증나!'라고 생각을 하며 다시 잠을 청하려고 했는데…… 뭔가 이상했습니다. 제 바로 옆에 자고 있던 언니가 보이지 않는 것이었습니다. 언니가 잠버릇이 심했나? 화장실 갔나? 하고는 다시 돌아누웠는데, 위쪽에 언니의 다리가 보였습니다. 언니가 현관까지 나가서 자고 있었습니다.

"언니, 아무리 더워도 그렇지. 여기까지 나와서 자면 어떡해!"

전 언니를 흔들면서 깨웠는데, 언니는 일어나자마자 파랗게 질린 얼굴로 벌벌 떨며 우는 것이었습니다. 언니의 말로는 아까까지 자고 있었는데, 어떤 사람이 나타나서는 언니의 턱 아래에 손으로 깍지를 껴서 밖으로 데려가려고 했습니다. 언니는 너무 무섭고, 사람인지 귀신인지 알 수 없어서 눈을 꼭 감고 있었는데, 처음에는 중얼거리던 그 사람의 말소리가 점점 커져서, 나중에는 화가 난 듯한 목소리로 크게 들리더랍니다.

"내가 너를 데려가! 내가 너를 데려가!! 내가 너를 데려가!!!"

열대야

여러분도 들어보신 적이 있을 겁니다. 사람이 자는 위치가 중요하다는 이야기를…….

아마도 여름이었을 겁니다.

그날은 무척이나 더운 날이어서 자는 동안 자세를 이리저리 바꾸기도 하고, 이불도 앞뒤를 바꾸기도 하고…… 여하튼 자는 게 자는 것이 아닌 밤이었습니다. 그렇기에 뒤척이길 수십 분, 결국 베개를 침대와 반대편으로 해서 누웠고 저는 그제서야 겨우 잠들 수 있었습니다. 그런데…… 잠이 들자마자 온몸이 움직이지 않았습니다. 입으로는 아무런 말도 할 수 없었습니다. 그렇게 정신을 차리지 못하고 있었을 때였습니다.

창문 밖으로 하얀 소복을 입은 여자가 서 있었습

니다. 아니 서 있는 게 아니었을 겁니다. 저희 집은 1층이 아니었기 때문입니다. 이윽고 그 여자와 눈길이 마주치는 순간, 저는 온몸에 소름이 돋았고 심장이 오그라드는 줄 알았습니다. 끝내 전 기절하고 말았습니다.

눈을 떠보니 벌써 아침이었습니다. 부모님께 말씀드리니 껄껄 웃으시며 악몽을 꿨다고 말씀하셨지만, 이런 말도 덧붙이셨습니다.

"원래 창문과 문이 통하는 곳으로는 자지 않는단다. 거긴 귀신이 지나가는 길이란 말이 있어서 말이지."

예술학교 괴담 시리즈 1

제가 다녔던 학교는 예술학교입니다.

학교가 처음에는 남산 안기부 건물에 있다가, 현재는 성북구 석관동의 안기부 건물을 쓰고 있습니다. 그래서인지 귀신이 나올 법한 요소는 굉장히 많았고, 선배들에게 들은 이야기도 다양해서 몇 가지 전하고자 합니다.

첫 번째 러시아 연극 교수의 귀국

이 이야기는 연극원 학생들에게 들었습니다.

어느 날 러시아 교수가 자신의 교수실에서 글을 쓰고 있었는데, 노크 소리가 들려서 들어오라고 했답니다. 그런데 인기척은 나는데, 문 열리는 소리가 나지 않더랍니다.

그래서 고개를 들어 문 쪽을 봤더니 사람 형체의 무언가가 문을 뚫고 스르르 다가오더니 자신을 통과

해서 뒤쪽 창문으로 스며 나갔다고 합니다. 밤도 아
닌 대낮이었는데 말입니다. 그 교수는 당장 짐을 챙
겨 귀국해 버렸다고 합니다.

두 번째 음지못의 자살

학교 뒤에는, 예전 석관동 안기부가 생길 때 음기
가 너무 강하다고 물을 채워야 한다고 해서 만들어진
음지못이라 불리는 작은 연못이 하나 있습니다.

크기야 지름 10미터가 될까 말까 하는 정말 작은
연못입니다만, 안기부가 이전하고 저희 학교가 이사
를 오며 너무 탁한 음지못을 준설한다고 흙을 파냈습
니다.

시체 3구와 함께 말입니다.

그리고 학교가 생기고 몇 년 후. 학생 한 명이 실종
되었습니다. 음지못 옆에 작은 정자가 있었는데, 거
기서 몇 가지 유물이 발견되었고, 결국 학생은 음지
못 속에서 발견되었습니다.

음지못은 지름 10미터라고 했지만 정말 웬만한 큰
대중탕의 냉탕 정도 크기밖에 안 됩니다. 발버둥만
쳐도 이동할 거리입니다.

세 번째 밤샘 작업에 나오는 수직 상승 귀신

미술과 학생들에게 들은 이야기입니다.

어느 날. 학생 너댓 명이 과실에서 그림을 그리며 밤샘 작업을 하고 있었답니다. 그리고 새벽쯤이었을 까요? 그림을 그리고 있는데 어디선가 웃음소리가 들리기에, 밤에 연습하는 연기과 학생들인가 하고는 신경 쓰지 않았다고 합니다.

그런데 순간 과실이 서늘하게 추워지더니, 어떤 남자 형체가 구석의 바닥을 뚫고 나타나더니 그대로 수직 이동해서 천장을 뚫고 사라지더랍니다.

모두들 놀라서 도망가고, 다음 날 다른 학생들에게 물어봤더니 그렇게 수직상승하는 귀신이 많다고 합니다.

네 번째 지하 편집실 골방의 노크 소리

지하에는 영화과의 편집실이 정말 두 평쯤 되는 크기로 골방처럼 복도를 따라 이어져 있습니다. 그곳에는 식음을 전폐하고 밤새며 편집하는 영화과 학생이 많습니다만, 편집 전공 학생들 사이에선 소문이 하나 떠돈다고 합니다.

새벽 3시쯤이면 방마다 노크하면서 지나가는 귀신이 있다고 합니다.

분명 "똑똑" 하고 노크 소리가 들리고 안에서 대꾸를 하든지 문을 벌컥 열든지 상관없이 단지 똑똑 노크만 하고 사라지는 거죠. 노크 소리와 동시에 문을

열어도 복도엔 개미 한 마리 없다는 거죠.

하지만 옆방 학생에게 물어보면 방금 전에 노크 소리가 들렸다고 합니다. 안에서만 들리는 노크 소리…… 형체도 안 보이는 노크 소리……. 이젠 뭐 그냥 그러려니 한답니다. 매일 그러는 것도 아니고 1년에 두세 번 그럴 때가 있다고 합니다.

다섯 번째 수송대에 들리는 한밤의 차량 소리

학교 뒤엔 예전에 군용 차량들이 서 있던 수송대라는 큰 공터가 있습니다. 가운데가 콘크리트 바닥의 공터이고 주위엔 낮은 탱크나 수송용 트럭이 있던 창고들이 있습니다.

지금은 미술원 학생 중 금속공예나 공간을 많이 차지하는 실기생들이 쓰고 있습니다만, 그곳에서 밤에 작업을 하면 가끔 캐터필터 소리나 큰 트럭의 엔진음 등이 들린다고 합니다.

당연히 지금 그곳은 승용차밖에 없습니다…….

예술학교 괴담 시리즈 2

여섯 번째 경비초소의 불빛

학교가 그런 시설이어서 주변 산에 철망과 함께 군데군데 경비초소가 서 있습니다. 물론 지금은 기관들이 철수하고 그냥 빈 초소들만이 남아 있습니다만……

한밤중에 그 경비초소에서 서치라이트 불빛을 봤다는 학생들은 매년 꾸준히 나타납니다.

일곱 번째 야산의 불빛

위의 케이스와 비슷한데 사람이 다니는 곳 말고 산쪽은 산림이 꽤나 울창한 편입니다. 가끔 한밤중에 갑자기 도깨비불 같은 불빛이 휙휙 산을 돌아다니다가 꺼지는 경우도 있습니다.

여덟 번째 산속의 개 소리

근처에 주택이 많아 개 소리가 들리긴 합니다만, 몇몇 개의 소리가 아닌 굉장히 사나운 개 소리가 한 군데서 굉장히 크게, 즉 여러 마리가 한꺼번에 짖는 듯 들리는 경우가 있다고 합니다.

이건 신관에서 들리는 소리인데 마치 군견 몇 십 마리가 한꺼번에 짖는 것과 같은 소리라고 합니다.

그런데 지금은 없지만 신관에서 초소로 가는 산 길 옆엔 예전 군견을 키웠음직한 큰 개 사육장이 폐 허가 되어 남아 있습니다. 저도 거기서 촬영을 했었 죠…….

아홉 번째 복도를 도는 뒷모습

이건 귀신 경험을 못해 봤던 저도 실제 봤습니다 만, 사실 귀신인지 아닌지 가물가물합니다.

학교 구관은 日자로 생겨 있습니다. 복도가 日자이 고 한쪽 빈칸은 예술극장이 있고 한쪽 빈칸은 천장까 지 트인 중앙정원입니다. 복도를 따라 바깥쪽으로 방 들이 있죠. 그래서 건물구조상 학교를 빙글빙글 계속 돌 수가 있는데…….

어느 날, 제가 학교에서 밤샘 작업을 하다가 화장 실에 가려고 복도로 나섰습니다. 그런데 한 사람이 슴…… 복도 코너를 도는 것이 보였습니다.

화장실도 그쪽이므로 저도 따라서 코너를 돌았습니다. 그럼 또 반대쪽 끝에 코너를 도는 사람이 보입니다.

복도는 앞에서 언급했듯이 日자로, 가로와 세로의 복도 길이는 다릅니다. 그 코너를 도는 사람이 내가 뒤따라오기를 기다려서 돌거나 내가 돌아 나와 그 복도를 보기 직전 반대편까지 달려서 속도를 맞추지 않는 이상, 매번 코너를 도는 뒷모습만 보기는 어렵습니다.

앞사람일 수도 있겠다고 생각하지만 다른 학생 중에 이런 경험을 한 사람도 있고 아는 사람의 뒷모습이라 계속 쫓아갔는데도, 몇 번이고 코너를 도는 뒷모습만 보며 학교를 한 바퀴 돌았다던 학생도 있었습니다.

열 번째 축제에 나타난 얼굴

이러한 괴담 때문에 학교 축제 당시 연극원 사람들이 귀신놀이를 꾸민 적도 있었는데, 당시 복도 창문 안쪽은 환기창처럼 사람 키 위쯤에 세로로 긴 창문이 있습니다.

거기에 종이 죽으로 사람 얼굴과 손을 만들어 창밖에서 안쪽으로 쳐다보게 달아놓고 분위기를 조성

하기 위해 축제 중에 학교 내부 전원을 내려 버렸습니다.

왜냐하면 내부 전원이 나가면 비상등이 들어와서, 창에 하얀 얼굴과 손 방향으로 해 놓은 부분이 창 밖에선 사람으로 보이기 때문입니다.

결과는 성공적이었습니다. 중앙정원에서 클럽파티를 하고 있던 저는 그날 학교 곳곳에서 나는 비명 소리를 들었으니까 말입니다.

곧 전기가 들어오고 연극원의 깜짝 쇼였다는 것을 밝혔지만, 몇몇 학생들은 창 밖이 아니라 복도를 비춘 비상조명으로 복도 한가운데 쭈그려 앉아 있는 아이를 봤다거나 기어다니는 여자를 봤다는 학생들도 나타났습니다.

게다가 연극원은 복도 창 밖의 얼굴 5~6군데밖에 설치하지 않았다고 했지만, 사람들은 10명 이상의 얼굴을 보았다고 합니다.

그 외에도 불이 없는 소각로 굴뚝의 연기라든가 기숙사 복도에 나타나는 문 긁는 소리, 영화과 스튜디오 세트 위 하늘다리에서 사람 뛰어다니는 소리 등 잡다한 괴담은 참 많습니다.

모니터

제 후임병이 입대하기 전에 겪은 일이라고 합니다.

어느 날 오후…… 집에서 컴퓨터를 하고 있었답니다. 후임병의 방 구조는 모니터 옆에 출입문이 있고 모니터와 마주보는 벽에 창문이 있는 구조였답니다. 평소처럼 컴퓨터를 하고 있는데, 뭔가 에러가 났는지 정전이었는지 컴퓨터가 갑자기 리부팅되더랍니다. 그래서 '여태까지 키워놓은 캐릭터는 어쩌라고~!' 하며 혼자 투덜대고 있었다는데…….

윈도우가 부팅되고 메인화면이 뜨는 아주 잠깐 사이, 모니터에 아무것도 보이지 않을 때…… 모니터에 햇빛이 반사되어 거울처럼 비친 맞은편 창문 위에서 누군가 빼꼼히 쳐다보고 있더랍니다.

후임병은 너무 놀라서 곧바로 고개를 돌렸습니다

만, 창문에는 아무도 없었답니다. 불과 1초도 아니고 0.5도 안 되는 그 짧은 순간에 말입니다……

순간적인 일이었지만 너무 무서웠던 후임병은 한동안은 창문을 닫고 커튼도 치고 지냈다고 합니다.

시골 국도의 자전거 할아버지

1999년 여름. 친구가 시골 초상집에 간다고 차를 빌려달라고 했습니다. 잘 아는 친구였고, 돌아가신 분이 저도 몇 번 뵌 분이라 쉽게 승낙했습니다.

문제는 그 친구가 차를 돌려주러 온 후부터 일어났습니다. 당시 친구는 저에게 이런 말을 했습니다.

"나, 말야. 이상한 걸 봤어…… 혹시 너 귀신 믿냐?"

솔직히 저는 그때까지 귀신이란 건 심약한 사람이 헛것을 보는 걸로 생각하고 있었습니다.

"나…… 봤어……. 진짜…… 바로 앞에서 말이야."

당시 친구는 시골 국도를 달리고 있었는데, 몇 년 만에 가보는 터라 길 찾는 데 애를 먹었다고 합니다.

그렇게 한참을 헤매는 도중, 앞에서 희미하게 사람이 보이더랍니다. 자세히 보니, 시골에서 흔히 볼 수 있는, 짐 자전거를 탄 회색 모자와 파란 점퍼 차림의 할아버지였고, 그래서 친구는 길을 물어보려고 차를 할아버지 옆으로 몰고 갔답니다.

"저, 할아버지. 여기 ** 리가 어디쯤 됩니까?"

그러자 할아버지가 승용차 창문을 스윽 내려다보시는데…….놀랍게도 눈, 코, 입이 없었답니다. 달걀처럼 살색 타원형. 친구는 놀라서 움직이지도 못하고 가만히 있는데 한참을 쳐다보던 할아버지는 안개가 사라지듯 사라졌다고 합니다. 물론 친구는 기겁을 하고 차도 내팽개치고, 무작정 근처의 인가로 뛰어들어 갔고, 그때 이후론 생각나는 게 없다고 합니다.

나중에 알고 보니 그 국도가 외지인이 쉽게 들어올 수 있는 길인 데다 무척 어두워서 사고가 많이 난다는 동네 어르신들의 말을 듣고 겁에 질려 장례식 참석도 못하고 곧바로 서울로 올라왔다고 합니다.

그런데…….

더더욱 미스터리인 건 그날 이후.

친구에게 차를 돌려받은 후로 가끔씩 한적한 도로를 달릴 때면 어디선가 희미한 자전거 소리가 나곤 했었습니다.

……따르릉~

……따르릉~

솔직히 친구 녀석한테 차를 빌려 준 걸 후회했습니다.

잊지 못할 여름날의 여행

제 친구와 가족이 겪었던 실화입니다.

고등학교 1학년 여름. 제 친구는 가족과 함께 여행을 가기로 했습니다. 그해 여름은 정말 비가 많이 왔었는데, 당시에는 비가 그렇게 올지 몰랐기에 여행만 기다리는 나날이었다고 합니다. 그리고 떠나는 날. 15인승 승합차에 외삼촌이 운전하고 이모와 조카들 그리고 친구의 가족이 타고 여행을 갔습니다. 그런데 한참을 달리고 있을 무렵. 비가 마구 퍼부었고(당시 서울의 한강고수부지가 전부 물에 잠길 정도였답니다), 더 이상은 갈 수 없다는 생각에 차를 돌렸습니다.

이미 집에서 한참을 달려왔기에, 혹시라도 도로가 침수돼서 중간에 갇히는 게 아닌가 라는 생각에 외삼촌은 지름길인 산길을 택하셨고……. 어느새 날은 깊어 밤이 되었는데, 지름길로 택한 산길은 비가 많이 내려 땅바닥으로부터 수증기가 올라와 마치 공포 영화의 한 장면처럼 안개가 자욱했습니다. 비가 많이 내리는 상황에서 어두운 산길을 택한 건 실수였을까요? 아무리 가도 길은 나오지 않고, 산 속을 계속 빙빙 돌고 있는 것 같았습니다.

그런데 저 멀리서 누군가가 보였습니다.

엄청나게 쏟아지는 빗속에서 소복을 입은 여자 두 명이 뛰어오고 있었습니다. 승합차의 작게 열린 창문 틈으로는 그 여자들의 웃음소리인 듯한 소리가 새어 들고 있었고.

외삼촌께서는 무슨 생각이었는지 그 여자들이 지나갈 때 차를 세우고 집으로 돌아가는 길을 물었습니다. 사실 상식적으로 이해가 되지 않는 분위기의 여자들이었지만, 그녀들은 친절하게 돌아가는 길을 설명해 주었습니다. 덧붙여, 길이 험하니 조심하라는 당부까지 곁들여서 말이죠. 그러곤 외삼촌은 여자들이 알려 준 길로 한참을 달렸는데 한 시간 정도를 달렸을까요?

……도착한 곳은 도로가 아닌 공동묘지였습니다.

 순간 가족들은 모두 얼어붙었고, 이게 무슨 일인가 하곤 망연자실하게 되었습니다. 외삼촌은 재수 옴붙었다며 차를 돌렸는데 헤드라이트 앞에서 누군가를 발견했습니다. 바로 아까 그녀들이었습니다. 그녀들은 외삼촌께 길을 잘못 알려드렸기에 쫓아왔다고 말했다고 합니다.

 ……차로 한 시간을 달려왔는데.

 외삼촌은 장난하지 말라고 그녀들에게 화를 내셨고, 그녀들은 연신 미안하다고 고개를 굽신거리며 사과를 하며 다시 길을 알려 주었습니다. 그러고는 다시 한 시간 정도를 달렸는데 도착한 곳은 또다시…… 공동묘지였습니다. 이윽고 조카들은 울기 시작했고, 어른들도 두려움에 몸을 떨기 시작했습니다.

 바로 그때! 누군가 창문을 두드리는 것이었습니다.

 아까 그 여자들이었습니다. 알 수 없는 미소를 띠며 무언가 말하려는 그녀들의 모습에 깜짝 놀란 외삼촌은 마구 차를 몰고 가셨다고 합니다. 그리곤 어딘

지도 모르는 길을 계속해서 달렸는데,
조금 열린 창문 틈새에선 아까 들었던
여자들의 웃음소리 비슷한 소리가 그들
의 차를 뒤쫓고 있었습니다.

　결국 몇 시간이 지나서야 출구를 찾
아 산 속을 빠져 나오게 되었지만, 아직
도 친구와 그 가족들은 그때의 체험을
잊지 못한다고 합니다.

선생님의 별장

작년 여름.

전 중학교 3학년 때의 친구들과 반창회를 가졌습니다. 마침 담임 선생님이 집 근처에 별장을 하나 가지고 계셨고, 저희는 그곳에서 일주일을 보냈습니다. 하지만 그곳에서의 일주일이 악몽이 될 줄은 아무도 몰랐습니다.

악몽의 시작은 두 번째 날이었습니다.

동창 중에서 한 여자아이가 선생님 댁에서 개를 데리고 왔는데, 얌전했던 그 개가 별장의 잠겨 있는 창고 문을 발로 긁으면서 짖고 낑낑대는 것이었습니다. 그때만 해도 저희는 '개가 배가 고픈가'라고 생각했는데, 그날 밤…… 술을 마시던 전 화장실에 가서 취기도 가실 겸 담배를 피웠습니다. 그런데 화장실 변기

앞에 웬 거울이 있었습니다. 전날엔 보지 못했던 거울. 미묘한 위화감을 느끼며 거울을 바라보고 있는데, 거울 속 제 얼굴이 이상하게 변했습니다. 얼굴은 창백하고 머리와 수염이 덥수룩한 30대 아저씨의 모습. 그게 거울 속의 제 모습이었습니다.

저는 깜짝 놀랐고, 후다닥 뛰어나와 선생님과 친구들에게 거울 이야기를 했지만 아무도 믿지 않았습니다. 당연한 반응이었을지도 모릅니다만, 그날 이후 하루하루가 지나면서 모두들 이상한 일을 겪기 시작했고…… 저희들은 뭔가 있다, 라는 생각이 들기 시작했습니다. 그리고 마지막 날. 여행의 끝이기도 하니까 이 무서운 상황을 즐겨 보자는 생각에 저희들은 무서운 이야기를 하나둘 꺼내기 시작했습니다. 그런데 이야기를 시작한 지 몇 분이나 지났을까요? 저희가 있던 방 앞, 문이 잠긴 그 창고를 향해 개가 또 짖기 시작했습니다. 호기심과 공포로 머릿속이 마비되었던지 저희들은 무기가 될 만한 것들을 들고 그곳으로 향했습니다.

끼……익…….

잠겨 있다고 생각했던 방문은 손잡이를 돌리자 쉽

게 활짝 열렸고, 어둠 속을 손전등으로 구석구석 헤쳐 보았지만 아무것도 없었습니다. 생각대로 그 방은 안 쓰는 창고였던 모양입니다. 그리고 다시 나가려는 등을 돌리는 순간. "컹! 컹! 컹!" 개가 다시 짖었고 저희는 뒤에서 느껴지는 시선들을 느끼고 뒤를 돌아봤습니다. 그리고 보았습니다.

저희 앞에 서 있는 남자와 여자의 모습…… 특히 여자의 찢어질 듯한 괴이한 미소…….

분명 방금 전까지 아무도 없던 창고에 그들이 있었습니다. 그리고 저희를 보며 깔깔거리면서 웃는 여자의 웃음소리에 기겁을 하고 모두 도망쳤습니다. 그리고 날이 밝자마자 선생님의 별장에서 떠났습니다.

후일담입니다만, 제가 화장실에서 본 거울 있죠? 그때 나타난 30대 남자의 모습에 놀라서 거울을 깨게 되었는데, 거울에 있던 자리에 손가락 하나 들어갈 만한 구멍이 있었습니다. 그리고 그 구멍 뒤가 바로 창고였습니다. 어쩌면 그 구멍을 통해 창고를 보았다면…… 그들과 눈이 마주쳤을지도 모릅니다.

10년 전, 섬에서……

지금으로부터 10년 전에 겪었던 일입니다.

당시 외가 친척들은 남해안 작은 섬에 모여 살고 계셨습니다. 작은 섬이라고 말할 수 있는 것이, 그 섬은 30명도 안 되는 사람들이 살고 있었고 전기는 자가 발전기로, 식수는 우물에서 해결하는, 흔히 말하는 현대문명과는 거리가 먼 외진 곳이었습니다. 그래서 평소 방문할 일이 전혀 없었던 곳이었습니다만, 마침 여름 방학 때 큰외삼촌의 환갑잔치가 있어서 저희 가족은 그곳으로 휴가를 가게 되었던 것입니다.

섬에 도착한 첫날은 외할아버지와 외할머니의 제사를 제외하곤 별다른 일이 없어 동생과 섬 여기저기를 다니며 보냈습니다. 그리고 둘째 날, 저와 제 동생은 저보다 어린 조카들을 이끌고 이미 20년 전에 폐교가 된 초등학교로 향했습니다. 그런데 학교로 발걸

음을 옮기던 중, 문득 저는 외삼촌의 심부름이 생각
나서 섬 남쪽의 부둣가로 가야 했습니다. 동생들은
한발 먼저 학교로 가기로 하고 말입니다.

　사실, 전날 섬을 어느 정도 둘러본 뒤였기에 혼자
서도 학교로 다시 찾아갈 수 있겠지, 라고 생각했습
니다. 하지만 학교를 바라보며 계속 걷기 시작한 저
는 문득 이상한 생각이 들어 시계를 바라봤습니다.
이미 심부름을 다녀온 지 두 시간이나 지나 있었습니
다. 30분도 안 걸리는 거리인데 말입니다. ……게다
가 주변을 둘러봐도 학교는 보이지 않았습니다. 분명
학교를 바라보며 걷고 있었는데, 시계를 본 후 주위

를 보니 그 어디에도 학교는 없는 것입니다.

길을 잃어버린 게 틀림없었습니다. 그래서 불안하 긴 했지만 어차피 섬이니 해안가를 따라 돌다 보면 다시 부둣가가 나오겠지 생각하곤, 해안가로 내려가 기 시작했습니다. 그런데 갑자기 하늘이 점점 어두워 지고 바람이 차가워졌습니다. 그제서야 상황이 위급 한 걸 깨달은 저는 정신없이 앞을 향해 달리기 시작 했습니다. 언제라도 비를 쏟을 듯한 구름을 쳐다보자 마음은 점점 더 다급해지기 시작했습니다. 그러곤 한 참을 달리고 있을 때 문득 정신을 차리고 보니, 저는 달리고 있는 게 아니었습니다.

오르고 있었습니다.

저는 해안가의 절벽에 매달린 채 절벽을 오르고 있 었던 것입니다. 정신을 차렸을 땐 이미 돌아갈 길은 없어진 상태였습니다. 천길 낭떠러지라는 표현이 무 색할 정도로 높은 절벽의 한가운데 아슬아슬하게 발 을 걸치고 눈앞에 튀어나온 돌덩이에 몸을 의지하고 밑에서 들려오는 거친 파도소리를 들으며 저는 와들 와들 떨고 있었습니다.

다행이라 말할 수 있을까요……. 그때 저는 뭔가에 홀려 절벽을 미친 듯이 기어올라서 절벽 끝에 도달하는데 성공했습니다. 지금 생각해 보면 고소공포증이 있어서 비행기만 타도 벌벌 떠는 제가 어떻게 그 절벽을 기어올라왔는지 알 수 없습니다. 지금도 그때의 기억이 없습니다. 그리고 정신 없이 눈앞에 보이는 길을 따라 달리기 시작했습니다. 다행히도 그 길은 눈에 익은 길이었습니다. 섬에 도착한 첫째 날, 외할아버지와 외할머니의 제사를 지내러 가던 길이었기 때문입니다. 외삼촌댁이 그리 멀지 않음을 느낀 저는 필사적으로 달리기 시작했습니다. 등에서 땀이 배어 나올 정도로 달리고 돌멩이에 굴려 넘어지고 턱까지 차온 숨을 몰아 쉬면서, 정말 미친 듯이 달렸습니다.

그리고 그날 저녁…… 낮에 나간 큰 녀석이 7시가 다 돼가도록 돌아오지 않는 것에 외가 어른들은 걱정이 되어 저를 찾으러 밖으로 다니셨다고 합니다. 그런데 한참을 찾아도 보이지 않던 저를 외삼촌이 발견했을 때…… 전 공동묘지의 누군가의 큰 무덤 주위를 계속해서 빙글빙글 돌며 미친 듯이 달리고 있더라는 겁니다. 결국 아무리 불러도 대답도 안하고 무덤 주위를 돌면서 달리고 있던 저를 외삼촌이 붙들어서 매치고는 집까지 업어왔다고 합니다. 저는 그때 외삼촌에게 매치기를 당한 후 기절했기 때문에 그 후로는 기억이 나지 않습니다.

제가 다음 날에 들은 것은, 학교로 향하는 길이 작년의 태풍으로 커다란 고목나무가 여러 그루 쓰러져서 길이 막혀 버린 바람에, 동생과 조카들은 학교로 가는 것을 포기하고 일찌감치 집으로 돌아와서 자고 있었다고 합니다.

등산

지금으로부터 12년 전, 삼촌이 겪은 일입니다.

삼촌이 친구들과 등산을 하였답니다. 오랜만에 오르는 산이라 정신 없이 오르기 시작하셨는데, 한참 올라가다 보니 산 중턱쯤에 2층집이 있었다고 합니다. 여관 같지도 않은데, 이런 산속에 웬 집이지? 하고 생각했으나 당시에는 깊이 생각하지 않고 계속 오르셨답니다.

그러고는 정상에 올라 친구들과 술을 드셨는데, 어느새 날은 저물어서 밤이 되었다고 합니다. 삼촌이 뭔가에 홀린 사람처럼 산을 내려가셨는데, 옆에서 지켜보던 친구들은 삼촌이 소변이라도 보러 가는 줄 알았답니다. 한참을 내려간 삼촌은 눈앞에 화장실이 보여서 볼일을 보았고, 너무 취해서 그 자리에 쓰러져 잠들었다고 합니다.

시간이 얼마나 지났을까요? 삼촌이 일어나 보니 칠흑 같은 어둠 속 어떤 방에 본인이 누워 있더라는 겁니다. 여기가 어디야……? 내가 왜 여기 있지? 하며 너무 놀라 방에서 나가려고 했는데, 갑자기 몸이 움직이지 않았고…… 방엔 창문이 하나 있었는데, 그곳에서 하얀 머리카락이 보이더니 서서히 위로 올라왔다고 합니다.

그리고 창문에 나타난 건 온통 백발에 얼굴 가득 주름진 할머니였답니다.

삼촌은 너무 놀라서 도망치려고 했지만, 몸은 더더욱 움직이지 않아 꼼짝 못하고 바닥에 누워, 할머니의 얼굴을 계속 바라보고 있어야 했습니다. 하지만 그게 끝이 아니었습니다. 할머니의 얼굴이 올라오고 연이어 손이 하나 올라왔는데, 하얀 피부의 아기 손이었답니다.

그리곤 기절해서 그 이후의 일은 기억나지 않는다고 합니다. 삼촌이 깨어났을 땐 이미 날이 밝아 있었고, 밖으로 나가 자신이 밤새 잠들었던 곳을 보니, 전날 산을 오를 때 보았던 그 2층집이었답니다.

삼촌은 밤에 보았던 백발의 할머니와 하얀 아기의 손이 너무도 선명히 생각났고, 뒤도 돌아보지 않고 산에서 내려왔다고 합니다. 내려오는 길에 나물 캐는 아주머니가 있어, 혹시 그 2층집에 사람이 사는지 물어보았더니…… 아주머니의 말에 의하면, 그 집은 할머니와 아기가 함께 살다가 자살한 집이고, 지금은 아무도 살지 않는다고 했답니다.

계곡

MT 갔다가 학과 동기에게 들은 이야기입니다.

동기의 친척 누나는 귀신을 자주 본다고 합니다. 어느 날, 친척 누나네 학교에서 계곡으로 소풍을 갔는데, 누나는 목적지에 도착해선 까무러칠 뻔했다고 합니다.

계곡 물에 수십 개의 익사체 같은 귀신 머리가 둥둥……

너무도 끔찍한 귀신들의 모습에 한사코 물에 들어가지 말라고 친구들을 말렸지만 당연히 소용이 없었고, 그저 물 밖에서 귀신과 친구들을 바라보고 있었습니다.

그런데 한 친구가 물에 들어가려고 발을 물에 담그

자마자, 친척 누나는 울고불고 난리를 피우면서 유독 그 친구만 물에 들어가지 못하게 했습니다. 결국 그 친구는 물에 들어가 놀지 못했고, 집으로 돌아가는 길에 그 친구가 친척 누나에게 물었답니다. 왜 자신만 물에 들어가지 못하게 했는지…….

그 이유는, 다른 친구들이 물에 들어가 놀 땐 미동도 않던 귀신들이 그 친구가 물에 발을 담그자마자 일제히 고개를 세우고 그 친구만을 뚫어지게 쳐다봤기 때문이랍니다.

그래서 그 친구가 물에 들어가면 무슨 일이 생기겠구나 하고 그렇게 말렸다는데…… 만약 그 친구가 누나의 만류에도 불구하고 물에 들어갔다면…….

버스를 쫓아오는 여자

710번 버스를 타고 메가박스에 가던 어느 날 새벽이었습니다.

버스는 남대문을 지나 남산터널을 통과하고 있었는데, 당시 저는 남대문쯤에서 잠들었던 것 같습니다. 꿈 속에서의 저는 역시 710번 버스를 타고 있었습니다. 현실과 같이, 버스를 타고 남대문을 지나 남산터널을 통과하는데, 갑자기 창문으로 누군가 쫓아오는 것이 보였습니다.

당시 저는 뒷좌석에 앉았기에 생생히 볼 수 있었는데, 그건 사람이었습니다. 머리를 산발한 여자가 제가 탄 버스를 쫓아오는 것이었습니다. 제가 앉은 뒷좌석 창문에 대고 소름 끼치는 웃음을 보내며 말입니다. 그리고 여자가 창문에 손을 데려는 순간……

저는 깜짝 놀라 잠을 깨어났습니다만, 공교롭게도 꿈에서 깨어났을 때 남산터널을 막 벗어난 상태였습니다. 그리고 정말 알 수 없는 일은…… 닫혀 있던 창문이 반쯤 열려 있었습니다. 분명 제가 잠들기 전까진 닫혀 있던 창문이…….

주인 없는 자전거

저희 삼촌이 겪은 일입니다.

삼촌이 어렸을 때 골목길에서 놀다가, 주인 없는 자전거를 발견했다고 합니다. 사실 주인이 없다는 건, 삼촌 멋대로의 판단이었을 거라고 생각합니다만. 처음에는 주인이 잠시 놓고 간 거겠지 생각했지만, 친구와 놀다가 집으로 돌아오는 길에도 그 자전거가 그대로 방치되어 있는 것이었습니다.

삼촌은 잘됐다! 하고는 자전거를 가져가려고 다가 섰는데, 자세히 보니 자전거는 이미 많이 상해 있었 습니다. 칠도 많이 벗겨지고 말이죠……. 그래서 삼 촌은 역시 누군가 버린 자전거로군, 하고 자전거를 타고 다시 읍내로 향했다고 합니다.

그렇게 한참을 자전거를 타고 돌아다녔고, 읍내를

지나며 자연스럽게 옆으로 스치는 가게들을 쳐다보는데, 어떤 백발의 할머니가 삼촌의 허리를 잡고 자전거 뒤에 타고 있는 모습이 상가 유리를 통해 보였다는 겁니다. 삼촌은 기겁하며 바로 자전거에서 내렸지만, 자전거 뒤엔 아무도 없었습니다. 그리하여 삼촌은 넋이 나간 채로 자전거에서 도망치듯이 집으로 왔다고 합니다.

그 후로도 삼촌은 절대 자전거를 타지 않았다고 합니다.

중고 자동차

저희 학교 동아리 선배의 친구 분 어머니께서 겪으신 일입니다.

어머니께서 운전면허를 따신 지 이틀째. 자동차를 한 대 살까 고민 중이었는데, 마침 지인 중 한 분이 타지 않는 자동차를 주시겠다고 했답니다.

"이게 바로 그 차예요?"

아는 사람이 가져온 자동차는 흰색 중고 소나타였습니다.

"네, 아주 깨끗하게 썼죠. 중고이긴 하지만 몇 년은 더 탈 수 있답니다. 사실 원래 주인이 친척인데 조금 사연이 있어서 저한테 줬었죠. 하지만 저한테 이미 차가 있어서 드리는 거랍니다."

그리고 그날 저녁, 성미 급한 어머니께선 당장 차를 타보고 싶어서 견딜 수가 없었습니다. 하지만 혼자 타기도 좀 그래서 옆집 아주머니와 함께 드라이브를 하셨다고 합니다. 아직은 운전이 서툰 어머니는 차가 덜 다니는 한산한 도로를 골라 드라이브를 하였는데, 날이 저물어 점점 어두워지자 차를 돌려 집으로 돌아오려는 길이었습니다.

창문을 열기 위해 버튼을 눌렀는데, 창문이 열리지 않았습니다. 몇 번이고 눌러 보았지만 창문은 열리지 않았고, 무언가 이상하다고 느껴 브레이크를 밟았는데 브레이크조차 들지 않았습니다. 당황한 어머니께선 차가 이상하네 ~ 하며 조수석으로 고개를 돌렸는데, 정말 놀랍게도 조수석엔 아무도 없었다는 겁니다. 창문을 열기 전까지 계속 옆에 앉아서 자신과 이런 저런 얘기를 나누던 옆집 아주머니가 온데간데없이 사라졌다는 말입니다.

더럭 겁이 난 어머니가 차에서 빨리 내려야겠다는 생각에 다시 한 번 브레이크를

밝았지만, 여전히 브레이크는 들지 않았고, 당황한 채로 계속 운전을 하고 있는데 옆 조수석에서 왠지 모를 시선이 느껴지셨답니다. 그리고 어머니께서 조수석을 보셨을 때 피투성이의 여자가 자신을 무표정하게 바라보고 있는 것이었습니다.

어머니께선 너무 무서워서 옆자리를 보려고 하지도 않은 채, 앞만 보고 운전을 계속하셨고, 몇 분이 지났을까? 슬그머니 곁눈질한 조수석엔 아무도 없었습니다. 그리하여 어머니께선 마음을 가다듬고 옆집 아주머니를 찾아서 빨리 돌아가야겠다는 생각만 하고 계셨는데, 갑자기 쾅쾅거리는 소리가 들렸다고 합니다.

"쾅·쾅·쾅·쾅·쾅·쾅·쾅·쾅!"

어머니께선 소리 나는 곳을 바라보셨는데, 당시 어머니는 정말 외마디 비명조차 지를 수 없는 공포를 느꼈다고 합니다. 왜냐하면 조수석 밖에서 피투성이의 손바닥이 창문을 쾅쾅 두들기고 있었기 때문입니다.

"쾅·쾅·쾅·쾅·쾅·쾅·쾅·쾅!"

"열어줘…… 살려줘…… 열어줘…… 살려줘…… 열어줘!! 살려줘!!"

라는 두 마디를 반복하며 계속해서 두들기고 있었습니다. 그 여자의 목소리는 점점 격해졌고, 두들기는 소리도 커지고 점점 빨라졌다고 합니다.

이윽고 어머니께서 자신도 모르게 핸들을 꺾어 버려 전봇대를 들이박으셨고…… 그리고 잠시 정신을 잃으셨다고 합니다. 다행히도 어머니께선 크게 다치진 않으셨고 정신이 들었을 때는 방금 전까지 없었던 옆집 아주머니가 조수석에 앉아 계셨다고 합니다. 하지만 옆집 아주머니께서 어머니보다 더 겁에 질린 모습이셨다고 합니다. 공포에 질려 벌벌 떨고 계셨는데, 아주머니의 입에서 나온 이야기는 어머니께서 겪으신 이야기보다 더 오싹한 것이었습니다.

"**엄마, 어디 갔었어요……? 계속 거기 있었던 거예요……? 분, 분명히 거기 있었어요? 바…… 방금…… 당신은 온데간데 없이 사라지고…… 운전대만 저절로 움직이고 브레이크와 창문 여는 손잡이만 미친 듯이 움직였어!! 그리고…… 웬 피투성이의 여자가 창문 밖에서 계속…… 나를 보고…… 살려달라고……."

어머니께서 아주머니께서 사라진 것과 귀신을 봤다면, 아주머니는 어머니께서 사라지고 귀신을 체험한 것이죠.

결국 어머니는 차를 폐기하였고, 그 후 정신과 치료까지 받으셨다고 합니다.

나무 공구함

초등학교 때의 일로 기억됩니다.

"글쎄, 아주 새 건데 이런 걸 누가 버렸네, 아깝게……"

퇴근길에 아버지가 예쁜 공구함 하나를 들고 오셨습니다. 아버지가 들고 오신 물건은 한눈에도 잘 마른 나무로 곱게 깎인 아주 모양 좋은 나무 공구함이었습니다. 평소에 남이 버린 물건 주워 쓰는 걸 못마땅해 하시는 성격의 아버지셨지만, 새것 같은 그 정갈한 모양새에 마음이 끌리셨던지 선뜻 길에 버려진걸 주워 오신 겁니다.

집에서 쓰던 공구함에 비해 색깔도 좋고 어디 한군데 나무랄 데 없는 그 작은 상자가 마음에 들어 나와 동생도 들여다보며 공구를 끌어다 넣으며 한동안쓰다듬고 놀았습니다. 그런데 밤에 그렇게 눈을 반짝이며 쌩쌩했던 동생이 아침부터 식은땀을 흘리며 고열에 시달리기 시작한 겁니다. 병원에 가면, 열을 내린 뒤 별말 없이 감기약 정도만 줘어 주고 보내고, 집에 오면 또 고열에 시달리고…… 이틀을 그렇게 앓던 동생을 보던 엄마가 고개를 갸우뚱하며 "혹시……." 하며 아버지를 쳐다보셨습니다.

그때 엄마는 동생이 느닷없이 아프기 시작한 것이 바로 아버지가 들고 오신 공구함과 관계가 있다고 생각하신 겁니다. 별로 미신을 믿는 편은 아니었지만 그래도 찝찝한 마음에 엄마와 아버지는 공구함을 앞마당으로 끌어내려 성냥을 그었습니다. 그때 저도, 그리고 우리 집 검둥이도 모두들 그 장면을 지켜봤고 저는 지금도 가끔 그 장면이 떠오릅니다. 공구함은 잘 마른 나무답게 불을 지핀 지 얼마 되지 않아 활활 타오르기 시작했습니다. 캠프파이어를 해 보신 분들이 있을 테니 장작 타는 모양새를 잘 아시겠지만, 붉은 혀로 묘사될 만큼 불꽃의 색깔은 밝은 오렌지 빛을 띠고 바람을 타고 이리저리 살랑거리는 게 보통의 모습입니다.

그러나 그 작은 나무상자에서 나오는 불꽃은 그 전에도 그리고 지금까지도 본 적이 없는 묘한 모습이었습니다. 불꽃은 섬뜩하리만치 푸른 빛깔을 내며 2층 건물만큼의 높이로 치솟았고 칼 모양의 날카로운 모양으로 바람이 분명 부는데도 전혀 흔들림 없이 하늘로만 뾰족하게 치솟고 있었습니다.

게다가 짐승의 소리 같은 알 수 없는 비명음. 평소에 순했던 검둥이가 불꽃을 주시하며 제 뒤에 몸을 숨긴 채 미친 듯이 짖어댄 것까지…….

그리고 그 공구함을 태운 이후.

동생은 정말 거짓말처럼 말짱해졌습니다. 또한 그 일이 있은 후로 저는 길에 버려진 물건은 절대 줍지 않게 되었습니다. 물건뿐만 아니라 알 수 없는 그 무언가가 같이 따라오는 걸 원치 않으니까요…….

타로카드

1년 전 일입니다.

전 그날도 타로카드로 다음 날 운세를 보고 있었습니다. 하지만 그다지 좋은 점괘가 나오지 않았기에, 침대로 가서 바로 잠을 잤습니다. 그런데 그날 꿈에서 어느 여자 분을 만났습니다. 그 여자 분은 굉장히 서럽게 울고 있었는데, 전 그분께 다가가서 왜 울고 있느냐고 물었습니다.

"서러워서…… 서러워서 울어……."

그 여자는 절 빤히 쳐다보시며 대답하셨고, 저는 측은한 마음에 그 여자 분과 대화를 했습니다.

"뭐가 그렇게 서러우신데요? 제가 다 들어 드릴게요……."

"나한테 남편과 딸이 있는데, 남편이 새로 사람을 데리고 왔어. 내가 죽은 지 한 달도 안 됐는데……."

전 가만히 듣다가 화가 났습니다. 왜 그랬는지 모르겠지만 여자 분께 툭 하고 말을 던졌습니다.

"아니, 아내가 죽은 지 한 달도 안 되었다면, 아직 상도 다 끝나지 않았을 텐데 새로 사람을 데리고 오다니……."

그러자 여자 분이 절 쳐다보며 다시 말하셨습니다.

"그래도 내 딸한테라도 잘하면 억울하진 않지…… 남편 보는 데서만 잘하고 뒤에서는 구박하고 때리기나 하고……. 우리 딸이 너무 불쌍해서……."

하시며 계속 우시는 것이었습니다. 언제부터였는지 얘기를 하던 중에 보니 제 손에 타로카드가 들려 있었습니다. 그래서 전 안타까운 마음에 여자 분을 위로해 드리려고 그 자리에서 타로점을 봐드렸습니다.

잘은 기억 안 나지만 점괘는 그분 따님이 나중에 성공해서 좋은 남편 만나고 호강한다는 것이었습니다. 그러자 여자 분은 안색이 조금 밝아지시면서 한시름 놓았다며, 고맙다고 하셨죠.

그러고는 잠에 깨어났습니다만…… 제 오른손에는 타로카드가 쥐어져 있었습니다. 분명히 자기 전에 서랍에 넣고 잠을 잤는데 말입니다.

가져와선 안 되는 물건

친구 A양의 어머니께서 겪으신 일입니다.

A양이 대학 다닐 때 어머니가 며칠 동안
이유 없이 편찮으셨던 적이 있었습니다.
증상은 심한 몸살감기 같은 것이었는
데, 낮엔 그럭저럭 기운 없이 다닐 수
는 있었지만 밤이 되면 열이 39도 가까
이 오르면서 온몸이 다 아프서서 끙끙 앓
으실 정도였다고 합니다. 병원에 가도 몸
살감기나 독감도 아니고, 검사를 해봐도
어디에도 이상이 없다고 하고…… 결국
며칠을 이유 없이 앓기만 하자, 동네 아줌마들이
이상하게 여겼고 혹시나 하는 마음에 어떤 할머니에
게 전화를 했다고 합니다.

그 할머니는 지방에 사시는 분으로, 전화로 이야기

145

만 들고도 점이라든가 어떤 풀이 같은 것도 해 주시는데, 아주 용하다고 아줌마들 사이에 소문이 자자했다고 합니다. 이윽고 아줌마들은 그 할머니께 전화를 해서 상황을 설명했고, 이야기를 들으신 할머니 말씀이…….

"그 집에 들어가서는 안 될 물건이 들어갔네…… 그걸 빨리 찾아야 할 텐데……."

라고 하시면서 쇠붙이로 만들어졌고 둥근 부분에 길다랗게 비죽한 것이 나온 모양의 것을 찾으라고 하셨답니다. 아줌마들은 어머니께서 이 이야기를 바로 전해 드렸고, 어머니께선 최근에 산 물건 중에 그런 게 있나…… 곰곰이 생각하시다가 문득 조그만 주전자가 떠올랐다고 합니다. 그 주전자는 보험 아주머니가 사은품으로 들고 온 것이었는데, 혹시 그것이 아니냐고 할머니께 이야길 했더니 그 주전자가 아니라고 하셨답니다.

어머니께선 "주전자도 아니고······ 그렇게 생긴 물건이 들어온 기억이 없는데······." 하시다가, 문득 며칠 전에 설거지할 때 반짝이는 숟가락 하나를 본 기억이 나셨다고 합니다. 다른 수저들은 꽤 오래 사용하던 것이어서 약간은 닳은 듯한 둔탁한 광택이 나는데 그중 숟가락 하나가 유독 새것인 양 반짝반짝거려서 '이 숟가락만 유독 참 이상하게도 반짝거리네.' 했던 기억이 떠올랐다고 합니다.

그래서 그 용하다는 할머니께 혹시 그 숟가락이 아니냐고 했더니 그게 맞다고 하더랍니다. 그러고는 그 할머니께서 아주머니들께 숟가락을 그냥 버리면 소용이 없다면서 방법을 알려 주셨는데, 그 방법이란 것이······. 정해 준 날짜의 자정이 넘기 전에 동네 뒷산에 올라가서 나무 아래에 한지(제사상 차릴 때 까는 종이)를 깔고, 새로 한 밥과 나물 세 가지(역시 제사상에 올라가는 나물로)를 해서 한지 위에 놓고는, 뒤돌아서서 집에서 사용하는 부엌칼을 뒤로 던지고, 절대 뒤를 돌아보지 말고 산을 내려오라는 것이었습니다.

막상 그 숟가락을 어떻게 처리했는지는 아주머니들께서 함구하셔서 A양은 듣지 못했습니다만, 아주

머니들이 그렇게 하고 오신 다음 날부터 어머니께서
자리를 털고 일어나셨다고 합니다. 그 숟가락의 출처
에 대해서는 A양의 어머니께서 말씀하시길, 어머니
가 그렇게 아프시기 얼마 전에 A양의 외할머니께서
병원에 입원하셨다가 퇴원을 하셨답니다.

퇴원 수속을 밟기 위해 이리저리 다니시던 어머니
가 잠깐 외할머니 짐을 봤더니, 짐 안에 개인적으로
구입한 슬리퍼나 전에 환자들이 사용하던 숟가락 등
등의 물건이 들어 있더랍니다. 그래서 이런 것을 왜
챙기느냐, 숟가락 같은 것은 1회용이 아니라서 당신
이 쓰기 전에 그것을 사용했던 사람이 죽었는지도 모
르는데, 기분 나쁘니 가져가지 마시라고 하면서 짐에
서 빼 놓으셨답니다. 그런데 멀쩡한 물건이 수중에
들어오면 그냥 버리지 못하시는 외할머니 성격상 숟
가락을 다시 챙겨 가져 오셨다고 합니다.

과연 그 숟가락은 어떤 사연을 담고 있었을까
요……

갈색 옷

어릴 적 살았던 동네 뒷집에서 일어난 일입니다.

저희 뒷집에는 할아버지, 할머니 두 분이 살고 계셨는데, 두 분 사이에 무슨 일이 있었는지는 당시 저는 어려서 잘 몰랐었습니다. 제가 할머니의 죽음에 대해서 단지 기억하는 거라곤 할머니가 갑자기 농약을 들이마시고 돌아가셨다는 것⋯⋯.

그리고 홀로 남으신 할아버지가 앞뒷집이라 친하게 지냈던 저희 집에 와서 털어 놓으신 이야기를 엿들었는데, 정말 무서워서 며칠 잠을 설쳤던 기억이 납니다.

할머니께서 그렇게 돌아가시고 장례를 치른 밤이었다고 하셨습니다. 할아버지 혼자서 주무시려고 하는데, 갑자기 방문이 스르르 열리더니 한 여자가 들어오더랍니다. 얼굴은 까맣게 그림자가 져서 누군지 알아볼 수가 없었고, 다만 생전에 할머니가 즐겨 입으시던 밤색 옷을 입고 있었다고 합니다.

놀란 할아버지께서 당황하시며 누구냐고 물었지만, 그 여자는 아무런 대답도 없이 할머니가 누워 있던 자리에 스윽~ 눕더니 사라졌고……

그다음 날도 할아버지가 잠이 들 무렵이면 그 여자가 방문을 열고서 할머니가 누웠던 자리에 눕는 것이었습니다.

계속해서 그런 꿈을 꾸신 할아버지는 할머니가 자

신을 데려 가려나 보다 생각하셨다는데…… 며칠이 지나 우연히 옷장을 열고 점퍼를 꺼내려다가, 할아버지께선 기절초풍을 하셨다고 합니다.

할아버지가 옷장 문을 열자마자 할머니가 평소 자주 입던 밤색 옷이 갑자기 방바닥으로 툭 떨어졌기 때문입니다.

놀란 할아버지는 즉시 그 밤색 옷을 가져다가 태워 버리셨고, 할아버지가 그 옷을 할머니 물건을 태울 때 같이 태우지 않았기에 할머니가 그 옷에 대한 집착에 매일 밤 다녀가셨다는 것을 증명이라도 하듯이, 그날 밤부터는 그 정체 모를 여자가 다시는 나타나는 일이 없었다고 합니다.

반지

학교 선배에게 들은 이야기입니다.

선배가 어릴 적에 할머니와 함께 살았는데, 할머니께서 치매로 고생하고 계셨다고 합니다. 치매라는 게 본인도 힘들겠지만 가족들 고생이 이만저만이 아닌 터라, 할머니께서 가끔 정신을 찾으시면 눈물을 줄줄 흘리면서 방에서 울곤 하셨다는데……. 어느 날 선배가 학교에 돌아오니 아무도 없고 집 안이 조용하더랍니다. 그래서 할머니가 주무시다가 또 우시나 싶어 방문을 열었는데 그만 뭔가를 보고 말았답니다.

……할머니가 천장에 매달려 있는 모습을.

그렇게 할머니께서는 갑작스럽게 돌아가시고 장례 준비로 집안은 한동안 부산스러웠습니다. 우선 병환으로 돌아가신 게 아니라서 이런저런 문제도 있었지만, 치매로 인해 고민하다 목을 매어 자살한 것으로 결론이 지어져서 장례는 순탄하게 끝이 났습니다. 그런데 장례가 끝나고 할머니의 빈 방을 청소하고 정리하던 중 선배는 방 한구석 이불더미 속에서 낡은 반지 하나를 발견했습니다. 할머니의 반지인 모양인데 아무도 신경 쓰지 않는 것 같아 선배는 할머니의 유품으로 간직하고 싶다는 생각에 몰래 그 반지를 지갑에 넣어두었다고 합니다.

장례가 끝나고 얼마 후 집안에서는 진혼굿을 하게 되었답니다. 아무래도 돌아가신 것이 좋게 돌아가신 게 아니니 용한 무당을 불러 굿을 해서 할머니의 혼을 위로해 드려야겠다는 생각이었을 겁니다. 굿이 한창 시작되고 선배 역시 호기심에 지켜보고 있는데, 무당이 한참 춤을 추다가 갑자기 온몸을 떨더니……

"내가 목매달아 죽는데 집 안에 아무도 없어……. 다 어디로 내뺀 거야. 배가 고파 죽겠다……."

……꼭 할머니 생전의 목소리…… 그 쉰 듯한 목소리로 말하는 것이었습니다. 그러자 일제히 가족들이 잘못했다고 빌기 시작했고, 구경하던 사람들이 수군거리기 시작했습니다. 그때 무당이 갑자기 선배 앞

으로 다가오더니 선배와 눈이 마주쳤는데, 선배는 순간적으로 할머니 얼굴을 본 듯한 생각이 들어 시선을 피해 버렸답니다.

"반지."

"예?"

"반지 말여. 그거 내 거여……. 내 가져갈 것이여……."

선배는 너무 공포스러웠던 그 순간을 절대로 잊을 수 없다고 합니다. 할머니의 시신을 발견했던 그 순간보다도 더 무서웠던 순간이 바로 그때 무당의 시선을 마주한 순간이었다고 합니다. 선배가 떨리는 손으로 지갑에서 반지를 꺼내자 다시 가족들이 웅성거리기 시작했습니다. 그도 그럴 것이 반지 얘기는 누구에게도 한 일이 없었기 때문입니다.

그날 이후로 선배는 귀신의 존재를 믿게 되었다고 합니다. 그리고 죽은 사람의 물건을 함부로 만지는 것이 아니라는 것도 말이죠.

백구두

이모의 시아버지께서는 중요한 약속이 있으실 때
마다 백구두를 신고 가셨다고 합니다.

그날 역시 친구 분들과 약속이 있으셔서 백구두를
신고 가셨는데, 오토바이가 지나가면서 흙탕물이 튀
어 구두가 더러워졌다고 합니다. 시아버지께선 아끼
는 구두가 더러워져서 기분이 나쁘기도 하고, 백구두
가 더러워지면 재수가 없다는 말도 생각나서 구두를
바꿔 신고 가야겠다는 생각을 하셨는데, 문득 길거리
한복판에 깨끗한 백구두가 버려져 있었다고 합니다.

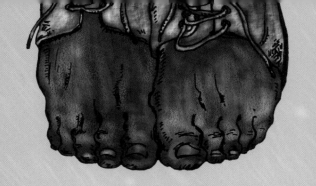

　정말이지 새것 같았기에 시간이 없으셨던 시아버지는 재빨리 갈아 신고 가셨는데, 이상하게도 걸을 때마다 발목이 욱씬욱씬 아픈 것이었습니다. 시아버지께선 처음 신는 것이라 안 맞나 생각하시곤 급하게 걸음을 재촉해 약속 장소로 가셨는데…… 약속 장소에 도착한 시아버지께선 친구들의 말에 충격을 받으셨다고 합니다.

　"이봐, 허씨? 자네 왜 맨발로 다니나?"

　하지만 시아버지의 두 눈에는 분명 백구두가 보이는데 말입니다. 시아버지는 친구들이 백구두가 부러워서 그런가 싶었는데, 한 남자가 지나면서 시아버지께 속삭였다고 합니다.

"그 구두는 진짜가 아닙니다. 혼령입니다."

그리고 그 남자와 백구두는 흔적도 없이 사라졌다고 합니다.

한밤중의 그녀

저희 언니가 겪은 일입니다.

작년 여름, 언니한테 애인이 생겼었습니다. 둘이 러브러브하면서 잘 지냈었습니다만, 어느 날인가 애인이 언니를 불러 한밤중에 유성이 보인다며, 근처 초등학교로 놀러 갔었답니다.

정글짐에 올라 밤하늘을 바라보고 있는데, 유성이 가끔 나타났다 사라졌답니다. 그래도 뭐 감동적이었다나. 그렇게 시간을 보내고 있는데, 역시 밤이라서 그런지 한기를 느꼈다고 합니다. 그래서 애인이 캔커피를 사러 간다며 기다리라고 했습니다. 언니는 정글짐에 앉아 남자를 기다리며 주변을 내려다보고 있었는데, 문득 그녀를 보곤 소름이 돋았다고 합니다.

왜냐하면 아무도 없는데 그녀가 움직이고 있었기

때문이죠. 그것도 마치 사람이 타고 있는 것처럼 가속도가 점점 붙었답니다. 한밤중의 초등학교라서 언니네 커플말 고는 아무도 없었는데 말입니다. 게다 가 바람도 불지 않는 날이었답니다.

잠시 후 애인이 도착해서, 언니는 그네 이야기를 하고 급하게 정글짐에서 내려 왔 답니다. 물론 애인도 그 움직이는 그네 를 봤답니다. 소름이 끼친 두 사람은 급하게 학교를 나섰는데, 나서기 전에 뒤를 돌아보니 갑자기 그네가 멈추는 것이었습니다.

만약 바람에 의한 것이라면 서서히 그 네의 움직임이 차츰 작아지다가 멈추었을 텐데, 마치 누가 타고 있다가 멈춘 것처럼 말입니다.

보이지 않는 힘

10년 전쯤이었을 겁니다.

당시 저는 초등학교에 다니고 있었는데, 학교에서 분신사바 놀이가 유행했었습니다. 저는 분신사바까지는 하지 않았습니다만, 분신사바와 비슷한 놀이 중에…… 혼령이 사람의 팔을 올리는 놀이를 해 보았던 적이 있습니다.

제가 했던 그 놀이는 한 사람이 눈을 감고 있으면, 다른 한 사람이 앞에서 주문을 외우고, "이리 와~!"라고 하면 눈 감은 아이의 손이 천천히 올라가는 것이었는데, 왠지 신기한 것이 저도 해보고 싶은 마음이 생겼습니다.

그래서 제가 눈을 감고 바로 앞에서 친구가 주문을 외웠는데(아쉽게도 주문 내용은 생각나지 않습니다만) 대략적으로 운동장을 몇 바퀴 뛰는 사람을 언급하는 주문이었습니다.

이윽고 친구가 "이리 와~ 이리 와~!" 하니까…… 순간 제 손목을 누가 움켜쥐었고……. 천천히 제 손이 올라갔습니다. 흠칫! 하면서도 친구가 장난치는 거겠지? 하고 전 눈을 살짝 떴지만 제 옆에는 아무도 없었습니다. 친구는 그저 앞에서 지켜보고 있었고, 제 팔은 허공에서 둥둥 뜨고 있었습니다.

더욱더 무섭게 느껴진 건, 마치 사람이 제 손목을 만지고 있는 것처럼 온기가 느껴졌다는 것이었습니다.

이윽고 제 손이 머리 위로 올라갈 때쯤 제 친구가 저를 깨워서 그 느낌은 사라졌습니다(손이 머리 위까지 올라가면 미친다는 소문도 있었죠).

이것이 제가 경험한 최초의 그 무언가……였습니다.

학교 화장실

저희 어머니가 초등학교 때 겪으신 일입니다.

어머니는 강원도에서 태어났는데, 지금이야 강원
도도 많이 발전했지만 어머니께서 어렸을 때는 학교
가 산기슭에 많이 있었다고 합니다. 그래서 화장실도
지금처럼 수세식이 아닌 재래식이었다고 합니다.

무척 추운 어느 겨울 날. 교실 안도 추웠지만, 화장
실은 당연히 더 추웠기에 학생들이 화장실 가는 걸
참고 참다가 갔다고 합니다. 어머니께서도 그날 오전
에는 잘 참으셨는데, 마지막 시간에 도저히 참을 수
없어서 화장실에 가셨다고 합니다. 겨울이라 이미 해
는 뉘엿뉘엿 넘어가서 어둑해졌고……

재래식 화장실은 학교 건물에서 따로 떨어진 뒤편
에 있어서 가는 길이 멀었고, 학교 수업이 끝날 때가

가까운 시간이었지만, 그날따라 운동장과 화장실에 아무도 없어 분위기가 <u>으스스</u>했답니다. 재래식 화장실에 가보신 분들은 아시겠지만, 재래식 화장실은 출입문 없이 복도식으로 길이 나 있고, 양 옆으로 화장실 문들이 다닥다닥 연결되어 있습니다. 어머니께서 가장 끝에 있는 화장실에 들어가 볼 일을 보셨답니다.

뚜벅……. 뚜벅…….

그런데 멀리서 화장실로 다가오는 발소리가 들렸고, 발소리의 주인이 첫 칸을 노크하기 시작했답니다. 어머니는 누가 나처럼 수업 중에 오다니 꽤나 급했구나~라고 생각했는데.

서억…… 서억…….

몇 초 후, 칼 가는 소리가 들리기 시작했습니다. 그리고 그 칼 가는 소리가 멈추더니, 다시 문을 여닫는 소리가 나고 다시 서억…… 서억…… 칼 가는 소리가 났다고 합니다. 이미 어머니께서는 볼일을 다 본 상태여서 나와야 하는데, 그 소리 때문에 움직이지도 못하고 선 채로 계셨고, 그 소리가 몇 번 반복되더니 바로 어머니가 있는 칸의 옆 칸까지 왔습니다.

어머니께서 옆 칸에서 들리는 칼 가는 소리에 퍼뜩
정신을 차리고, 용기를 내어 문을 "쾅!" 하고 열고는
냅다 정신없이 뛰었답니다. 뛰다가 순찰하시던 수위
아저씨와 마주쳤고, 어머니께선 사색이 되어 아저씨
한테 얘길 했고, 아저씨와 함께 다시 화장실로 왔답
니다.

하지만 화장실에는 아무도 없었습니다. 화장실에
서 뛰어나가 아저씨와 마주쳐 다시 돌아온 시간은 별
로 길지 않은 몇 분도 안 되었는데 말입니다.

흔들의자

고등학교 때 미술학원에서 들은 이야기입니다.

학원에, 집안이 부유한 편인 여자 선배가 있었는데, 주변 친구들도 그런 편이라 집에 화실이 있는 친구들이 더러 있었다고 합니다. 그래서 여자 선배는 밤새 놀면서 그림도 그릴 겸 친구네 화실에 놀러 갔었다고 합니다.

밤 늦도록 놀다가 지쳐서 화실에 있는 침대에 누워 잠이 들었는데 어디선가 "끼익…… 끼익……." 하는 소리가 들리더랍니다. 그래서 눈을 떠보니 창문 쪽에 있던 흔들의자에 어떤 여자가 앉아 자고 있던 두 사람을 쳐다보고 있었답니다. 옷은 새하얗고 머리는 긴 여자가 하얀 얼굴에 붉은 눈으로 의자를 흔들며 쳐다보고 있었던 거죠.

너무 놀란 그 선배는 친구를 흔들면서 "일어나봐. 저기 흔들의자 좀 봐. 야…… 야야……."라고 했는데 자는 줄 알았던 친구가 조용히 떨리는 목소리로

　　"나도 보고 있어."라고 하더랍니다.

　　덕분에 미술학원 다니면서 한동안은 자다가 깨도 눈을 안 뜨고 억지로 다시 잤던 기억이 납니다.

철봉의 수갑

　저는 10년 전 서울 **남초등학교를 다녔는데, 학교 앞에 **아파트라는 아파트 단지가 있었습니다. 당시 주민들은 아이들이 아파트 놀이터에서 노는 걸 싫어했는데, 놀이터에는 이상한 소문이 돌았기 때문입니다.

　언젠가, 비 오는 날 아파트에서 살인사건이 있었는데, 당시 순찰 중이었던 경찰이 범인을 검거하는 데 성공했다고 합니다. 하지만 경찰도 범인에게 습격 당해 심한 부상을 입었기에, 범인을 수갑으로 철봉에 묶어 놓고 지원 요청하러 갔었다고 합니다.

　허나 불과 1분도 안 되는 짧은 사이였지만, 경찰이 돌아오니 범인은 사라지고 없었고 철봉에는 피가 잔뜩 튀어 있는 수갑만이 매달려 있었습니다.

　수색 결과, 범인은 저희 학교 소각장 담 옆에 과다

출혈로 사망한 채 발견되었는데 이상하게 오른쪽 손목이 없었습니다. 아마 손목을 자르고 도주했던 것 같은데 손목을 찾지 못한 것입니다.

그 후로 비 오는 날이면 잘린 손목이 놀이터를 기어다닌다고 합니다.

여기까지 떠도는 이야기입니다만, 제가 조별활동으로 **아파트 사는 친구 집에 가면서 겪은 일입니다. 친구와 함께 놀이터를 지나는데 철봉에 뭔가 걸려 있었습니다.

혹시나 하는 생각에 자세히 봤더니, 맙소사! 파랗게 칠해진 수갑이 철봉에 채워져 있었습니다. 수갑의 한쪽만 있고 다른 한쪽이 없었는데, 친구 말로는 사건 이후 핏자국이 안 지워져서 파란색으로 철봉이랑 잘린 수갑을 통째로 칠했다고 합니다.

그 후로 비 오는 날 창가 쪽 자리에서 놀이터를 바라보는 습관이 생겼습니다. 기어다니는 잘린 손목은 보지 못했지만, 비 오는 날 우산도 안 쓰고 철봉에 서 있던 청점퍼의 남자를 보고 소름이 돋은 적은 있습니다.

혹시 다른 분들도 그 아파트 놀이터의 철봉에서 수갑을 보신 적이 있는지 궁금합니다.

야간 통용문 근무

군복무 시절 들은 이야기입니다.

제가 근무했던 곳은 ** 구치소입니다. 구치소 안에는 여러 곳이 있습니다만, 처음에는 무조건 ㄱ동 1층 근무입니다.

구치소 근무라는 것이 원래 그렇지만, ㄱ동 1층 근무 역시 계속 서 있는 것 외에는 할 수 있는 일이 없습니다. 수용자 탈옥이라는 게 생각만큼 쉽게 일어나는 일도 아니기에 가끔 고참들이 지나가면서 괴롭히는 거 말고는 정말 심심한 곳입니다. 그런 심심한 근무지지만 전해오는 이야기가 있습니다.

어느 고참이 처음 들어와서 1층 야간근무를 서고 있을 때였다고 합니다. 야간근무를 선 지 얼마 안돼서 긴장하며 서 있는데 어디선가 흐느끼는 소리가 들렸다고 합니다.

"흐흐흑…… 흐흐흑……."

고참은 누군가 지나가 주길 바랐지만 그날따라 지나가는 사람 하나 없었다고 합니다. 교대 시간도 멀었고 애써 무시하려 했지만 흐느끼는 소리는 점점 또렷해졌고, 참을 수 없게 된 고참은 결국 소리의 근원지로 여겨지는 바로 옆 계단을 통해 지하 1층으로 내려가 보기로 했습니다. 아무도 없는 지하 1층…… 흐느끼는 울음소리는 점점 가까워지고 지하 1층 문에 있는 창살로 어두컴컴한 지하를 쳐다봤는데…….

고참의 눈에 들어온 건 흰옷을 입은 여자! 지하에 흰 옷 입은 여자가 피투성이 아이를 안고 서럽게 울고 있었는데, 고참이 쳐다보는 순간 눈이 딱 마주친 것이었습니다. 어두컴컴한 지하에서 두 눈에서 나오는 안광으로 주변이 어렴풋하게 보였을 정도였고, 고참은 정말 혼비백산해서 1층까지 뛰어왔습니다.

덜덜 떨면서 순찰근무자라도 지나가길 바랐지만 아무도 오지 않았습니다. 사방 50미터 내엔 아무도 없고 사람 있는 곳까지 가자니 근무지 무단이탈로 징

계 받을 것 같아, 하는 수 없이 지하를 힐끔힐끔 쳐다보며 누군가 지나가길 바랐습니다.

다행히도 울음소리는 점점 그쳐갔고 마침 직원 한 분이 지나가는 것이었습니다. 그래서 직원에게 "아무래도 밑에 귀신이 있는 것 같습니다. 무서워서 근무를 못하겠으니 보안과에 가서 말씀 부탁 드립니다." 하며 사정했고 직원은 알았다며 곧 사라졌습니다.

고참은 곧 사람들이 오겠지 하며 나름대로 안심하고 있었는데 시간이 아무리 흘러도 아무도 오지 않았답니다. 결국 교대시간이 왔고 특이사항이 없느냐는 질문에 소대장에게 자초지종을 설명했더니 소대장이 놀라는 것이었습니다. 소대장은 직원의 생김새와 옷차림 등을 물었고, 가만히 듣고 있던 소대장이 하던 말에 고참은 기절하고 말았습니다.

"그 사람, 1년 전에 자살한 의무과 과장 같다."

묘비 위의 할아버지

눈이 많이 내린, 설날 연휴를 앞둔 어느 날.

제가 중반 야간근무를 받고 경계 근무 중이었습니다. 경계 근무는 두 명이 한 조인데, 그날은 시력이 굉장히 좋은 후임병과 함께 하게 되었습니다. 평소 시력이 좋아 경계 근무 잘 서기로 소문난 이 후임병. 야간에 200미터가량 떨어진 곳에서 걸어오는 사람도 구별해 낸다고 합니다. 그런데, 문제는 사람만 보는 게 아니라 사람이 아닌 것도 본다는 것.

근무 시간이 다 끝나갈 새벽 1시 무렵. 거의 반 실신 상태로 졸음 근무를 서는 제게 후임병이 말을 거는 것이었습니다.

"나 병장님!! 저기 좀 보십쇼~!"

전 눈꺼풀이 내려앉는 눈을 비비며, 뭘 보고 이러나 싶어 야간투시경을 들여다보았습니다. 평소와 다를 바 없는, 무덤이 즐비한 경계 근무 지역밖에 보이지 않았습니다. "짜샤~ 대체 뭘 보라는 거야?"라며 짜증 섞인 어조로 말했는데, 한껏 긴장한 녀석은 이렇

게 말하는 것이었습니다.

"저기, 저…… 무덤 묘지 비석 위에 웬 사람이 앉아 있습니다!! 안 보이십니까?"

전 속으론 굉장히 무서웠습니다만, 그래도 고참 병장이랍시고 내색도 못하고, "마!! 사방에 깔린 게 무덤인데, 귀신인가 보다~."하고 얼버무렸습니다. 그런데 후임병은 계속 그 한곳만 응시하며 말하는 것이었습니다.

"아닙니다, 사람이에요……. 할아버지 같습니다!"

정말 무서워서 미칠 지경이었습니다만, 역시나 내색도 못하고 "그래, 그래. 무덤의 영감님이 눈이 많이 와서, 눈 쓸러 나오셨나 보다."라고 넘겼습니다. 그런 뒤 다음 근무자와 교대를 하고 바로 잠들었죠.

다음 날 아침. 밤새 내린 눈이 한 뼘이나 쌓여, 동기와 함께 눈을 치우러 가는 길이었습니다. 우연하게도 어제 후임병이 말한 그 초소 비석 앞을 지나가게 되었는데, 옆에서 함께 걷던 동기의 말에 전 아무 말도 할 수가 없었습니다.

"야~ 이 비석 위, 정말 신기하지 않냐? 눈이 이렇게나 내렸는데 여기만 안 쌓였어. 누가 밤새 이 위에 앉아 있었나? 하하하!"

야간보초

제 군대 시절 이야기입니다.

밤에는 야간보초를 서는데, 당시 저희는 탄약고 초병과 위병소 초병이 있었고, 탄약고와 위병소는 서로 마주보는 위치에 있었습니다. 주요 위병소에 상병과 병장이 보초를 서고, 탄약고엔 야간에는 아주 특별한 일이 없는 한, 사람이 올라오는 일이 없었기에 일병과 이등병이 섰습니다.

어느 날이었습니다. 당시 이등병이었던 저는 탄약고 보초를 섰고, 같이 보초를 서는 일병은 고참이라고 사수석에 들어가 자고 있었습니다. 한참 보초를 서고 있는데, 건너편 위병소에서 뭐라고 자꾸 소리를 치는 것이었습니다. 마주보고 있다곤 해도 거리가 꽤 되는 터라, 무슨 소린지 알아들을 수가 없었기에 저는 그다지 신경 쓰지 않았습니다. 보초 선 지

177

한 시간이 지난 후 교대시간이 되어 내려오는데, 뒤에서 자고 있던 고참이 제 뒤통수를 치며 이렇게 말했습니다.

"얀마!! 넌 보초 서면서 누구랑 그렇게 떠벌거리냐?"

순간 저는 등에 소름이 쫙 돋았습니다. 사수가 자는 동안 제 옆에는 아무도 없었기 때문입니다. 나중에 알게 된 사실입니다만, 그때 들리진 않았지만 건너편 위병소에서 저를 향해 소리를 질렀던 것은, 옆 사람하고 잡담하지 말고 보초나 똑바로 서라는 외침이었다는 것입니다…….

그 후로 탄약고 초병은 2인 1조로 항상 두 사람이 같이 붙어서 서게 되었습니다.

허공

이 이야기는 같은 중대 옆 소대원이 겪었던 일입니다.

제가 복무했던 곳은 해안초소 경비를 하는 부대로, 해안에 파견근무를 나가면 3개월 동안은 교대로 밤 근무를 계속 서야 했습니다.

어느 날 후임병(편의상 C군이라고 부르겠습니다)이 파견 막사에서 있었던 일을 이야기 해 주었습니다. C군이 상황근무 당번이어서 상황실에서 밤샘 근무를 하는 날이었답니다. 저녁부터 근무를 서는데 평상시와 다름없이 한가한 근무가 이어졌다고 합니다.

그런데 새벽 한두 시경 막사에서 멀리 떨어진 진입로 쪽에서 경계 근무를 서던 소대원의 고함 소리가 들리더니, 실탄을 발사하는 소리가 들렸다고 합니다

(들어 보신 분은 알겠지만 실탄과 공포탄은 소리가
다릅니다).

　깜짝 놀란 C군을 비롯해, 잠자던 소대장님과 소대
원들이 놀라서 달려나갔더니, 경계 근무를 서던 두
명이 하늘을 향해 총을 쏘며 소리를 지르고 있더라는
것입니다. 무서워서 다가가지는 못하고 멀찍이서 두
사람을 부르면서 천천히 다가가자, 겨우 정신을 차린
듯 그러더랍니다. 근무를 서는 중에 느낌이 묘해서
주위를 둘러보다가 하늘을 쳐다봤는데, 밤하늘에 웬
흰옷을 입은 여자가 공중에서 자신들을 노려보고 있
더라는 것이었습니다…….

　그런데 더 기묘한 건, 한 사람도 아니고 보초를 서
던 두 사람이 동시에 그 흰옷의 여자를 보았다는 것
입니다.

군 훈련소

모두가 잘 알고 있을, '군 훈련소 인분 사건'이 터지기 며칠 전에 일어난 일입니다. 당시 군 훈련소를 시끄럽게 한 일이었는데, 며칠 뒤 일어난 인분 사건 때문에 자연스레 묻혀 버린 사건이 되었습니다.

저는 훈련소에서 군생활을 했습니다. 군대에선 연초나 연말에 매우 바빠서 저 역시 매일같이 연등(야근)을 하곤 했었습니다. 그날도 제가 연등을 하고 있을 때였습니다. 오후 9시 30분쯤이었을까요? 점호 시간이 되었을 때 상층 중대의 제 동기가 매우 당황한 얼굴로 하층으로 내려오더니, 훈련병 한 명이 없어졌다고 말하는 것이었습니다.

훈련병 탈영은 가끔씩 있는 일이라 막사 밖으로 탈영병을 찾아 나가려고 했는데, 막사 뒤편에서 온몸에 피를 흘리며 뻗어있는 훈련병을 발견했습니다. 발견 당시부터 귓구멍에서 피를 흘리길래 '이미 늦었구나......'라고 생각은 했는데, 곧바로 병원으로 옮겼으나 30분 뒤에 사망했다고 연락이 왔습니다. 사인은 자살로 말이죠.

문제는 그때부터 일어나기 시작했습니다. 그 내무실의 훈련병들이나 해당 분대장이 가위에 눌리는 일이 많아졌고, 나중에는 분대장이 무섭다고 다른 내무실에 가서 자기도 했습니다. 마침 그 훈련병의 내무실 동기 중에는 한 명이 귀신을 본다고 했는데, 어느날 평소처럼 자다가 갑자기 부스럭거리며 관물대를 뒤지는 소리에 잠에서 깼다고 합니다.

그 훈련병은, 한밤중에 누구지? 하고 쳐다봤는데, 놀랍게도 그 자살한 훈련병이 자신의 관물대를 열어보고 있더란 것입니다. 그러고는 갑자기 관물대 뒤지는 걸 멈추고, 주변을 한번 스윽 둘러보더랍니다. 그러다가 서로 눈이 마주치는 순간, 그 훈련병은 무서워서 모포를 뒤집어쓰고 가만히 있었답니다.

약간 마음이 진정된 이후에 살짝 고개를 내밀어보니, 그 자살한 훈련병은 어디론가 사라져 버렸고...... 다음 날 일어나 보니 죽은 훈련병을 목격한

그 시간에 다른 훈련병 중 몇몇이 가위에 눌렸었다
고 합니다.

그 자살한 훈련병은 뭘 가지러 왔던 걸까요……?

장례 행렬

얼마 전에 겪은 일입니다.

항상 잠이 깊게 들지 않는 체질이라 사소한 반응에도 잠에서 깨곤 하는데, 그날은 왠지 발밑에서 이불이 스치는 듯한 느낌이 들었습니다. 마치 어머니께서 앉으셔서 구겨진 이불을 펴 주시는 듯한 느낌이랄까.

이윽고 사락…… 사락…… 하고 이불이 스치는 소리가 계속 들리더니 이번에는 뭔가 제 발목을 스치는 느낌이 들었습니다. 느낌이 마치 사람 손 같았는데 발목을 더듬으며 뭔가 찾는구나 싶더니, 빠르게 몸을 훑고 올라와 제 목을 누르기 시작했습니다. 순간 이게 가위라는 생각이 들었고 몸이 허공으로 붕 떠오르는 듯한 기분이 들다가 깊은 곳으로 빨려들 듯 떨어지는 느낌이 들었습니다. 그러고는 몸이 움직이질 않고 순간 머릿속에서 방울 소리가 들리면서, 무언가

누워 있는 제 몸 위로 지나가기 시작했습니다.

그건 마치 허공에 떠서 흘러가는 강처럼 제 몸에서 약 1미터가 채 안 되는 높이에서 느껴지는 흐름이었습니다. 방울 소리가 점점 커져서 마치 제 심장 소리인 것 같은 착각이 들며 몸 속을 울리고, 벽과 제 머리에서 제 발끝을 지나 발끝의 벽 쪽으로 그 거대한 흐름은 장례 행렬, 또는 신부의 행렬 같았습니다.

앞에 몇 사람이 있고 가운데 상여인지, 신부의 가마인지 알 수 없는 것을 들고 있는 사람들…… 그 뒤로 수많은 행렬이 있었는데 저는 본능적으로 그런 생각이 들었습니다.

'들키면 휩쓸린다……'

다행인지 불행인지 가위에 눌리고 있었기에 미동도 할 수 없었고 그 행렬이 사라진 후 몸에 감각이 돌아오며 가위눌림에서 벗어날 수 있었습니다. 더 이상 방에 있기가 싫어져서 마루의 소파에 나와서 누워 심야방송을 틀었는데 온몸이 저릿저릿한 기분이 들었습니다. 제 목을 조른 듯한 느낌이 만약에 귀신이었다면 그 귀신은 저를 지켜 주려고 한 것일까요?

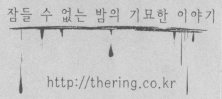

잠들 수 없는 밤의 기묘한 이야기'는 도시 괴담, 실화 괴담 등
여러 괴담을 중심으로 공포 만화, 공포 영화, 공포 게임 등 공포
에 관련된 전반적인 소재를 다루는 블로그로 공포물에 대한 인
식 변화 및 저변 확대를 위해 노력하고 있다.

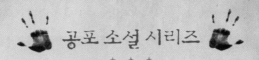

공포 소설 시리즈

✦ ✦ ✦

정말로 있었던 무서운 이야기

105×150 | 송준의 엮음 | 269쪽 | 5,000원

공포! 그것은 어디에서 오는 것일까요? 어쩌면 공포심이란 건 각자의 마음이 지어낸 상상의 산물일 수 있습니다. 그러나 진짜 무서운 일을 겪은 사람은 상상이 아닌 실제의 공포가 얼마나 섬뜩한 것인지를 압니다. 이 책에 담긴 45개의 이야기는 누군가 실제로 겪은 공포 체험담입니다.

죽은 자들의 방문 무서운 이야기 II

105×150 | 송준의 엮음 | 289쪽 | 5,000원

공포 이야기는 우리 인간에게 언제나 묘한 매력을 발산합니다. 너무 무서워서 피하고 싶으면서도 한편으론 호기심에 더 들여다보고 싶어지는 게 바로 공포 이야기입니다. 도시 괴담, 학교 괴담, 군대 괴담의 세 파트로 나뉜 32개의 공포 체험담을 소개합니다.

영혼의 조종자 무서운 이야기 III

105×150 | 송준의 엮음 | 289쪽 | 5,000원

기존의 공포 소설이 작가의 억지스러운 상상을 통해 나온 것에 비해 직접 체험한 이야기를 실었다는 점에서 공포의 격을 달리합니다. 가장 현실적인 이야기들만 다루었기에 읽고 난 뒤 밀려드는 공포는 가히 메가톤급! 45개의 이야기를 알차게 담았습니다.

공포의 그림자 무서운 이야기 [더 파이널]

105×150 | 송준의 엮음 | 249쪽 | 5,000원

천만 네티즌의 심장을 얼린 무서운 이야기의 결정판! 훔쳐보는 눈 령(靈), 죽음의 빗줄 살(殺), 어둠의 시간 묘(妙), 세 파트로 나뉜 39개의 이야기가 숨을 곳 없는 당신의 방으로 찾아갑니다. 책을 드는 순간 끝나지 않을 공포가 스멀스멀 펼쳐집니다.